The Paris Macaron Mystery

巴里マカロンの謎

요네자와 호노부

The Paris Macaron Mystery

巴里マカロンの謎

파리 마카롱 수수께끼

김선영 옮김

엘릭시르

The Paris Macaron Mystery

차례

The Paris
Macaron
Mystery

파리 마카롱 수수께끼

1

2학기가 시작되고 얼마 지나자 낮은 여전히 후덥지근하지만 아침저녁 바람은 자못 싸늘할 정도였다. 가을 풍경이 떠오르는 비늘구름도 간간이 눈에 띄는 9월 중순의 어느 날 방과 후, 나는 머릿속에 물음표를 가득 채우며 나고야로 향하는 열차의 진동에 몸을 맡기고 있었다.

내가 사는 기라 시에서 나고야까지는 쾌속 열차를 타면 이십 분도 걸리지 않는다. 충분히 행동반경에 포함되는 거리이지만 사실 지금까지 신칸센 탑승이라는 목적 말고는 나고야에 가본 적이 없었다. 그런데 이렇게 오후의 거리 풍경을 바라보며 그곳으로 향하는 이유는 다름이 아니라 오사나이에게 끌려왔기 때문이다.

고등학교 1학년 여름방학이 끝나갈 무렵, 모종의 이유로 며칠 상당히 늦은 시각에 귀가한 적이 있었다. 그 이유를 추궁당한 나는 위험할 때는 서로를 핑계로 대자는 오사나이와의 약속을 믿고 문화제 준비 때문에 늦었다고 해명했다. 그것으로 궁지를 모면했으므로 호혜 관계에 따라 다음에는 내가 오사나이를 도울 차례였다. 창문 닦기든 잡초 뽑기든 뭐든지 할 셈이었지만 오사나이는 다른 것을 원했다.

"이번 금요일에 함께 나고야에 가줘."

기라 시에서 나고야로 향하는 쾌속 열차는 2인용 좌석이 서로 마주 보는 형태로 설치되어 있다. 아직 번잡한 귀가 시간대가 아닌데도 스쳐 지나갈 때 본 하행 열차는 이미 콩나물시루 상태였던 반면에 상행선은 텅텅 비어 있어, 우리는 둘이서 4인석을 이용했다. 허벅지 위에 잡지를 펼친 오사나이는 무표정했지만 다리를 살랑살랑 흔드는 게 상당히 신나 보인다. 물어봐도 될지 판단을 내리지 못하고 여기까지 따라오고 말았지만 시간표에 따르면 나고야 도착을 십 분 앞둔 지금, 역시 물어보는 게 낫겠지. 대체 나는 무엇을 위해 나고야에 끌려가는 것인가?

"있지, 오사나이."

오사나이가 다리를 딱 멈추고 고개를 들었다.

"왜?"

"도움을 받은 답례니 원하는 대로 따를 테지만, 으음, 만약 괜찮다면 말인데, 말해주면 안 될까?"

오사나이는 어리둥절한 표정으로 고개를 갸웃거리며 물었다.

"뭘?"

오사나이가 이 정도로 능청을 떨다니, 어쩌면 이미 내게 오늘의 목적을 추측하기에 충분한 정보를 준 게 아닐까? 그렇다면 답을 묻기에는 아직 이르다. 일단 단서를 정리해야…….

그런 생각을 하고 있는 나를 무시하고 오사나이는 "앗!" 하고 중얼거리더니 이윽고 이해했다는 듯이 끄덕거렸다.

"그래. 뭘 할지 말하지 않았네."

"아, 말해줄 거야?"

"우리는 지금부터 새로 오픈한 가게, '파티스리 코기 아넥스 루리코'에 가서 신작 마카롱을 먹을 거야."

그래, 뭐, 그런 사정일 줄 알았지만, 그래도 문제는 남는다.

"나를 데려가는 이유는 뭐야?"

"이 잡지에 따르면 가을철 한정 마카롱이 네 종류 있는데."

허벅지에 올려놓은 잡지를 탁탁 치며 오사나이는 매섭도록 진지한 눈빛으로 말했다.

"티&마카롱 세트로 고를 수 있는 마카롱은 세 종류뿐이니까."

즉 나머지 한 종류를 나더러 주문하라는 말씀. 그것도 뭐, 그런 사정일 줄 알았다. 그렇다면 남은 의문은 한 가지.

"테이크아웃은 안 돼?"

그렇게 묻자 오사나이는 슬픔으로 가득한 미소를 머금으며 차창 저편의 지평선을 바라보았다.

"그게 가능하면…… 누가 고생하겠어……."

그 옆얼굴은 마치 운명을 감내하는 순교자 같았다.

"자, 지금부터 강의를 할게."

흥이 났는지 오사나이가 갑자기 그런 말을 꺼냈다.

열차는 중간 정차역을 출발했다. 다음이 나고야 역이다. 오사나이는 등을 곧게 펴고 좌석에 고쳐 앉더니 헛기침까지 했다.

"코기 하루오미라는 파티시에가 있습니다. 그는 중학교를 졸업하고 바로 프랑스로 건너가 유명 파티스리에서 십 년에 걸쳐 경험을 쌓았습니다. 그 유명 파티스리의 이름은 프랑스

어라 저는 읽을 줄 모릅니다. 가타카나로 써주면 어디 덧나나요. 귀국 후에는 주로 나고야 시내 호텔에서 일하다가 서른 살이 되자 가족을 나고야에 남겨두고 자신의 가게 '파티스리 코기'를 도쿄 지유가오카에 열었습니다."

"단신 부임이라는 뜻?"

오사나이는 이야기를 방해받자 입을 살짝 비죽거렸다.

"자영업은 부임이라는 말을 쓰지 않아."

그런가, 누구 명령을 받고 가는 게 아니니.

"그럼 뭐라고 불러야 하지?"

"기러기 남편……?"

"좀 다른 것 같은데."

"그런 건 아무래도 상관없어."

단호하다.

"《월간 마카로나주》 인터뷰에 따르면 코기 하루오미는 그 도쿄 출점에 대해……."

오사나이는 그렇게 말하며 학생용 가방에서 클리어파일을 꺼냈다. 잡지 스크랩을 뭉텅이로 끼워놓았는지, 그중 한 장을 골라내더니 눈앞에 들고 소리 내어 읽었다.

"'보다 큰 세상에서 능력을 시험해보고 싶었다. 가장 높은 허들을 뛰어넘으면 다른 일들은 무섭지 않다'고 했습니다."

"적극적인 사람이구나."

"덧붙이자면 상당한 미남입니다."

스크랩을 내 쪽으로 획 돌렸다. 컬러 사진 속에서 조리복을 입고 팔짱을 낀 채 쾌활하게 웃는 남자는 언뜻 보기에는 억세 보였지만 듣고 보니 이목구비가 단정했다. 서른쯤 되었을까. 표정도 그렇고 자세도 그렇고 자신감이 넘치지만 가슴에 늘어진 은색 목걸이는 조금 어울리지 않는 것 같다. 팔짱 낀 팔뚝 위로 드러나 있는 손가락은 가늘고 장신구는 없었으며 당연하지만 짧게 다듬은 손톱은 깔끔했다.

물론 나는 코기 하루오미의 사진이나 인터뷰보다 그런 것을 오사나이가 들고 다닌다는 사실에 깊은 감명을 받았다. 내게 보여주려고 그랬을 리는 없으니 본인의 학습 목적이리라. 방과 후에 디저트 가게에 가려고 잡지 기사 스크랩을 들고 다닌다는 발상 자체가 내 상상을 초월한다.

감탄과 황당 사이에 있는 내 미묘한 감정은 개의치 않고 오사나이는 다음 기사를 클리어파일에서 꺼냈다.

"파티스리 코기는 매장 내 취식을 중시하는 작전으로 성공해 인기를 끌었습니다. 코기는 신주쿠와 니혼바시 백화점 행사에 초대받아 팝업 스토어를 냈고 둘 다 호평을 얻었습니다. 삼 년 후에는 다이칸야마에 2호점을 내기에 이릅니다. 이것이 '파티스리 코기 다이칸야마'입니다. 이 가게도 성공해 격전지에서 연속으로 좋은 성적을 거두면서 코기 하루오미의 명성은 확고해집니다. 이 무렵부터 코기는 콧수염을 기르기 시작합니다. 조금 불결합니다."

그렇게 말하며 이번에도 스크랩을 내게 보여주었다. 이번에는 주방에서 반죽 앞에 선 모습을 촬영한 사진이다. 새까만 콧수염은 인상이 강렬해 불결하다는 오사나이의 의견도 이해가 가는 한편, 성공한 인물의 위엄 같은 게 풍겨서 그리 싫지는 않았다. 몸에 걸친 건 아까 기사와 똑같았지만, 관록이 묻어나서 그런지 이번에는 목걸이도 어색해 보이지 않았다. 기사를 슬쩍 보니 휴일에는 뭘 하느냐는 질문에 "대개 나고야로 돌아가 아내와 딸을 만납니다. 가족에게 힘을 받아 다음 날부터 또 일에 집중할 수 있습니다"라고 했다. 꽤나 힘들어 보이는 생활이지만 신칸센으로 환승 없이 왕복할 수 있으니 그나마 다행일지도 모른다.

"그리고 올해 1월, 마침내 나고야 지점 오픈을 발표했습니다. 그곳이 오늘 지금 가고 있는 파티스리 코기 아넥스 루리코로, 코기 하루오미에게는 금의환향이 되는 셈입니다. 가장 중요한 사실은 물론……."

오사나이는 새로운 기사를 꺼내면서 강하게 말했다.

"나고야라면 나도 방과 후에 갈 수 있다는 점입니다."

오사나이가 건넨 세 번째 기사에서는 뺨이 약간 홀쭉해진 코기 하루오미가 살짝 거만한 표정으로 웃고 있었다. 이번에도 조리복을 입고 있었지만 나이가 들어 취향이 바뀌었는지 목걸이는 없었다. 그 기사를 대충 훑어보다가 "나고야의 새 점포는 도쿄와는 다른 방향성을 목표로 하고 싶다. 파티스리 코기다운 느낌을 만드는 것도 중요하지만 같은 스타일을 반복하면 진보가 없다. 여성적인 감성을 살린 가게로 만들고 싶어서 가게 이름도 파티스리 코기 아넥스 루리코로 정했다"는 설명을 발견했다.

"여성적인 감성을 살린 가게로 만들겠다고 적혀 있네."

"응."

"어떤 가게일까?"

오사나이는 살짝 무덤덤한 표정을 지었다.

"몰라."

"곡선을 살렸다거나?"

"곡선으로 이루어지지 않은 생물이 있다면 놀라운데. ……하지만 확실히 아르누보 같은 느낌이라는 뜻일지도. 미안, 제대로 대답해주지 못해서. 지금 내게 가게 분위기는 중요하긴 하지만 고려 순위로는 두 번째 이하야."

마카롱이 첫 번째구나.

나는 기사를 보면서 코기 하루오미 씨가 하고자 하는 말을 추측해보았다.

"……어쨌거나 그래서 가게 이름에 아넥스 루리코라고 붙인 건가? 다시 말해 이 루리코 씨는 구체적인 사람 이름이 아니라 여성적인 분위기를 내기 위한 일종의 이미지란 뜻이겠네."

제법 센스가 있다고 감탄했더니 오사나이가 동정 어린 표정으로 말했다.

"점장 이름이 다사카 루리코야."

"아, 그렇군."

"여러모로 바빠진 코기 하루오미를 대신해 실질적으로 지유가오카 점포 점장을 맡고 있으며 국내 콩쿠르 우승 실적도 있는 실력파, 파티스리 코기가 내세우는 비장의 카드가 바로 다사카 루리코 씨입니다. ……미안, 고바토, 오늘은 루리코 씨 자료는 가져오지 않았어. 고바토가 그렇게 관심을 보일 줄 몰랐거든."

"아니, 그건 괜찮아."

"월요일에 가져가면 될까?"

"아니, 괜찮아."

"내일이라도 상관없어."

"괜찮아, 오사나이, 고마워. 마음만으로도 기뻐."

쾌속 열차가 속도를 늦추었다. 안내 방송의 느긋한 목소리가 나고야 역 도착을 알렸다.

2

파티스리 코기 아넥스 루리코는 나고야 역에서 남쪽으로 도보 십 분 정도 떨어진 곳에 있었다. 역 앞만큼은 아니지만 상업 빌딩이 즐비한 지역으로, 네거리에 접한 빌딩 1층에 입점해 있었다. 벽은 벽돌 아니면 벽돌처럼 보이는 질감의 타일이었는데 파릇파릇한 넝쿨이 뻗어 있다. 하얀 쌍여닫이문 옆에 놋쇠 질감의 간판이 박혀 있고, 알파벳이 적혀 있었는데 낯선 단어라 눈에 겉돌았다. 뭐, 가게 이름이겠지.

차양 밑에 이젤이 있고 칠판이 세워져 있다. "방문을 환영합니다. 테이크아웃은 현재 준비중입니다. 9월 20일부터 판매 예정입니다"라고 적혀 있었으니 오사나이가 네 번째 마카롱을 사 가지 못하는 것은 뭔가 심각한 사정이 있는 게 아니라 단순히 가게에서 준비가 덜 되었기 때문인 듯싶다.

역에서도, 번화한 사카에에서도 조금 떨어진, 별로 좋지 않은 입지로 보였지만 5시도 되지 않았는데 가게 안은 몹시 북적거렸다. 달콤한 향기가 감도는 가게 안은 천장이 높고 널찍하며 바닥 면적도 상당해 보였지만 커다란 쇼케이스가 L자로 놓여 있어 자리를 차지하는 탓인지 테이블 수는 많지 않았다. 2인석 테이블을 필요에 따라 붙여서 사용하는 모양이다. 주머니가 없는 검은색 앞치마를 두른 점원이 다가왔다.

"어서 오세요. 몇 분이십니까?"

오사나이가 쇼케이스에서 눈을 떼질 않아 내가 대답했다.

"두 명입니다."

"두 분이시군요."

점원의 가슴에는 이름표가 붙어 있고 사에키라는 이름과 함께 붉은 글자로 연수생이라고 적혀 있었다. 오픈한 지 얼마 되지 않았다니 점원도 경험이 부족한 건 당연한 일이리라.

그 점원이 딱 하나 비어 있는 테이블을 손으로 가리켰다.

"저쪽 창가 좌석을 이용해주십시오. 주문부터 부탁드립니다."

보아하니 먼저 주문하는 방식인 듯싶다. 쇼케이스 쪽으로 가자 점원이 우리가 이용할 테이블에 "6"이라고 적힌 표를 두고 갔다. 이용중이라는 표시이리라.

오사나이가 마카롱이라고 했으니 마카롱 전문점인 줄 알았는데 쇼케이스에는 다양한 케이크가 진열되어 있었다. 나도 알 만한 프레지에나 오페라, 몽블랑 외에도 잠깐 봐서는 이름을 외우지도 못할 케이크도 많다. 마카롱은 쇼케이스의 3분의 1 정도를 차지하고 있었는데 파스텔컬러, 원색에 가까운 것, 마블 무늬가 있었다. 힐끔 보니 오사나이는 헤벌쭉하게 실실 웃으며 마카롱의 대열을 바라보고 있었다.

헛기침을 하자 오사나이가 미간을 찌푸렸다.

"아까 말했듯이 티&마카롱 세트를 주문할 거야. 고바토는 퍼시먼 마카롱을 주문해줘. 나머지 두 개는 마음대로 골라."

"예."

쇼케이스에 진열된 마카롱을 바라보며 역시나 이름표에 연수생이라고 적혀 있는 점원에게 주문했다.

"티&마카롱 세트로, 마카롱은 퍼시먼(감)하고 바난(바나나), 카카오로 주세요."

자리에서 기다려달라고 하기에 테이블로 갔다.

우리 자리는 창가 좌석으로 벽면이 전부 유리였는데 4차선 도로에 접해 있었다. 도로 건너편에는 대형 시계가 설치된 빌딩이 있고 시곗바늘은 5시 직전을 가리키고 있었다. 나는 편안한 의자에 몸을 묻고 작게 한숨을 쉬었다. 설마 방과 후에 나고야에서 마카롱을 먹게 될 줄은 몰랐다. 오사나이하고 함께 있으면 여러 가지 일이 생긴다.

우리가 들어가니 가게는 만석이 되었다. 눈으로 세어보니 전부 열두 테이블이었다. 오사나이의 말만 듣고 비교적 젊은 사람들이 찾는 가게인 줄 알았는데 실제 고객층은 다양했다. 2인 손님이 많았지만 가장 북적거리는 테이블은 여섯 명이 한 팀이었고, 혼자 온 손님도 드문드문 보였다. 마카롱을 입에 넣자마자 행복한 듯 표정이 환해지는 여성이나, 왼손으로 휴대전화를 만지작거리며 오른손으로 스푼을 놀려 거칠게 몽블랑을 부수는 양복 차림의 여성이 있는 한편, 디저트에는 관심 없다는 듯이 콤팩트를 열고 머리카락을 만지작거리는 교복 차림의 여학생도 있었다.

손님은 대부분 여성이다. 남자는 나를 포함해 두 명밖에 없었다. 양복을 차려입고 안경을 쓴 남자는 얇은 노트북을 펼치고 있었다. 달콤한 향기가 감도는 이 가게 안에서 일이라도 하고 있는 거라면 대단한 배짱이다. 어쩌면 먹은 음식의 정보를 그 자리에서 컴퓨터에 입력하고 있는, 자타 공인 디저트 애호가일지도 모르지만.

차분하게 가게 안을 둘러보니 모노톤을 기조로 한 깔끔한 인테리어로, 어딘지 모르게 동화적인 외관에 비해 내부는 차분한 느낌이었다. 쇼케이스 안쪽에 있는 벽은 유리라 주방 일부를 볼 수 있다. 마침 조리복에 셰프 모자 차림의 남성이 반죽을 치대고 있는 모습이 보였다. 어쩌면 저 남성은 손님에게 보여주려고 하루 종일 별 의미 없이 반죽을 치대고 있는 걸지도 모른다.

입구 반대쪽 벽에 하얀 문이 두 개 있었다. 한쪽은 화장실이고 다른 쪽은 "STAFF ONLY"라고 적혀 있으니 종업원 공간으로 통할 것이다.

오사나이는 아직도 쇼케이스 앞에 서 있다. 조금 이상하다. 오사나이는 미리 주문할 종류를 정했을 텐데. 대체 뭘 고민하는 걸까? 무슨 일이 있나 싶어 일어나려는데 때마침 오사나이가 점원에게 말을 걸었다. 겨우 정했나 보다.

이윽고 자리로 온 오사나이는 묘하게 심각한 표정이었다. 어딘가 멍한 표정으로 고개를 숙이고 인생의 기로에서 결정을 내리지 못하고 더이상 어떻게 해야 좋을지 모르겠다는 태도였다.

"문제라도 있어?"

무심코 그렇게 묻자 힘없는 미소가 돌아왔다.

"조금."

의자에 앉은 오사나이는 천천히 고개를 돌려 방금 내가 그랬던 것처럼 가게 안을 둘러보더니 문득 눈썹을 찌푸렸다. 뭔가 발견한 모양인데 오사나이를 불안하게 만들 만한 요소를 나는 발견하지 못했다. 놓친 게 있나 불안해져서 다시 한번 훑어보았다.

눈높이나 방향으로 보건대 오사나이의 표정이 달라진 계기는 인테리어 같은 게 아니라 다른 손님이었으리라. 가령 제일 가까운 테이블에서는 초로의 여성 세 명이 테이블을 둘러싸고 담소를 나누고 있다. 저 그룹도 마카롱과 홍차 세트를 주문했는지 저마다 앞에 티포트와 찻잔, 티스푼, 아마도 설탕이 들어 있을 작은 그릇, 밀크피처, 그리고 색색의 마카롱이 담긴 작은 접시가 놓여 있었다. 무엇 하나 이상한 건 없는데…… 아니, 정말 그럴까?

"역시, 없어."

오사나이의 혼잣말이 힌트가 되었다. 그렇다, 저 세 사람의 테이블에는 있어야 할 것이 없다. 힌트를 들을 때까지 몰랐다는 사실이 약간 분했지만 나는 말했다.

"그러게. 손을 닦을 게 없네."

오사나이는 말없이 작게 고개를 끄덕거렸다.

물수건도, 물티슈도, 냅킨도 보이지 않는다.

"점원이 깜빡한 걸까?"

내 말에 오사나이는 고개를 작게 가로저었다.

"그런 가게도 많아. 고급이거나 고급스럽게 보이고 싶은 가게일수록 물수건은 내놓지 않아. 물수건은 너무 일본 스타일이니까 본고장 분위기를 내려고 그런대."

으음.

"본고장 분위기라……."

그런 이유라면 어쩔 수 없겠다고 생각하는 나를 내버려두고 오사나이는 단호하게 말했다.

"난 그 부분은 일본 스타일이 좋아."

음료나 케이크만이면 몰라도 마카롱은 손으로 집어 먹는 디저트니 신경 쓰이는 것도 이해한다. 오사나이는 자리에서 벌떡 일어났다.

"손 씻고 올게."

"응. 나도 씻어야 하니 차례로 다녀오자. 짐 지키고 있을게."

"부탁해."

하지만 화장실에는 손님이 있었는지 오사나이는 문 앞에서 직립 부동자세를 취했다. 반듯하니 곧은 자세가 아름답다고 할 수도 있겠지만 어쨌거나 오사나이라, 작은 아이가 낯선 가게에서 긴장해 굳어 있는 것처럼 보이는 게 안쓰럽다.

연수생 이름표를 단 점원이 다가와 한 손으로 쟁반을 들고 고개를 숙이며 말했다.

"오래 기다리셨습니다. 티&마카롱 세트입니다."

오사나이의 자리에는 짐이 남아 있으니 손님이 두 명이라는 걸 알 텐데 점원은 망설이지 않고 내 앞에 티 세트를 차리고 마카롱이 담긴 작은 접시를 살짝 돌려 테이블에 놓았다.

마카롱이라는 이름은 물론 알고 있고 사진도 본 적 있지만 가까이서 보기는 처음이었다. 오사나이가 알면 무슨 말을 할지 두려웠지만 내가 본 사진에서는 대개 근접 촬영으로 크기를 가늠하기 어려웠던 탓도 있어, 마카롱이라고 하면 컬러풀한 햄버거처럼 생긴 디저트라는 인상을 품고 있었다. 납작한 반구형으로 구운 코크 두 개 사이에 속을 끼워 넣은 형태 자체는 분명 햄버거와 비슷하지만, 이렇게 실물을 마주하니 크기가 완전히 달랐다. 세 개는 어렵지만 두 개 정도라면 손바닥 위에 얹을 수 있을 것 같다.

붉은빛이 강한 오렌지색 마카롱이 피시먼이리라. 선명한 노란색이 바난, 다갈색이 카카오인 것 같다. 세 개의 마카롱은 내 쪽에서 볼 때 역삼각형으로 놓여 있었다. 제일 가까운 쪽에 피시먼이 있고 그 뒤에 바난과 카카오가 나란히 있는 모양새다. 퍼시먼 마카롱은 감을 속에 사용한 게 아니라 바깥쪽 구움 과자 반죽에 넣은 걸까? 아니면 속과 구움 과자 양쪽에 다 들어 있을지도 모른다.

만져보고 싶지만 손을 씻기 전이라 망설여졌다. 먼저 홍차를 잔에 따랐다. 한껏 위에서 따라볼까 하고 팔을 들어 올렸을 때 다시 점원이 다가왔다.

"오래 기다리셨습니다."

이번에는 오사나이의 세트를 테이블에 차렸다. 작은 접시를 살짝 돌려 천천히 테이블 위에 내려놓는다. 달콤한 디저트가 눈앞에 달칵 놓이는 순간은 디저트 애호가에게 가슴 설레는 일일 텐데, 안타깝게도 오사나이는 자리를 비웠다. 살짝 화장실 쪽을 보니 어느새 문 앞에는 아무도 없었다. 물러난 점원이 쇼케이스 안쪽으로 돌아가는 모습이 보였다.

찻잔을 홍차로 채웠다. 설탕을 넣고 싶지만 마카롱이 얼마나 달지 상상이 가지 않으니 한 입 먹어보고 판단해야겠다. 나는 달콤한 디저트를 그리 좋아하지는 않지만 조금 설렌다. 저 오사나이가 그토록 기대하는 파티스리 코기의 마카롱은 과연 어떤 맛일까?

그때, 갑자기 음악이 울려 퍼졌다.

날카로운 금관악기 소리였다. 이 멜로디는…… 〈오, 아름다운 목장〉이다. 무슨 일인가 싶어 뒤를 돌아보니 유리창 밖, 도로 건너편 빌딩 벽면에서 대형 시계를 장식하는 인형들이 움직이고 있다. 시곗바늘은 5시를 가리키고 있었다. 놈gnome처럼 흰 수염을 단 인형들이 기계장치 특유의 완만한 동작으로 장작에 도끼를 휘두르고 있다. 도로와 유리창이 사이에 있는데도 음량은 흠칫 놀랄 만큼 컸다. 하지만 진정하고 주위를 보니 그 소리에 놀란 손님이 없는 것으로 보아 아무래도 이 주변에서는 익숙한 시보時報인 모양이다.

문제가 생긴 건 아니라는 것을 알고 약간의 민망함이 섞인 안도감을 안고 정면으로 고개를 돌렸다. 화장실 문을 열고 나오는 오사나이가 보였다. 타이밍으로 볼 때 내가 시계 소리에 놀란 모습은 아마 들키지 않았으리라.

오사나이는 내면에서 솟구치는 기대와 환희를 억누르지 못하겠다는 듯, 억지로 웃음을 참느라 입가를 실룩거렸다. 돌아오면 교대로 손을 씻으러 가려고 조금 기다렸다.

하지만 오사나이는 테이블까지 한 발짝 남겨두고 걸음을 멈추었다. 가만히 테이블 위를 보더니 이어서 나를 쳐다보고, 다시 테이블 위를 보았다.

"이거, 고바토가?"

무슨 말인지 몰라 오사나이의 시선이 가리키는 방향을 좇았다. 테이블에는 나와 같은 티&마카롱 세트가 차려져 있다. 티포트, 찻잔, 티스푼, 설탕 그릇, 밀크피처, 마카롱이 담긴 작은 접시…….

"어라?"

마카롱이 내 것과는 달랐다. 초록색 마카롱, 갈색 마카롱, 노란 바탕에 하얀 마블 무늬 마카롱, 연분홍색과 하얀색의 투톤 컬러 마카롱, 맛은 당연히 다를 테지만 그게 아니라.

"네 개네."

"네 개야."

"주문한 건?"

"세 개."

"여기엔?"

"네 개가 있어."

……어라라.

3

주머니 속에 비스킷을 넣고 두드리면 늘어난다는 노래가 있다. 딱히 뭔가를 두드린 기억은 없는데 오사나이의 접시 위에는 마카롱이 늘어났다.

보아하니 오사나이는 기뻐하는 눈치가 아니었다. 그렇겠지. 아무리 고대하던 마카롱이라도 어디서 나왔는지 모를 음식을 누가 먹겠는가. 어쩌면 바닥에 떨어져 있던 걸지도 모르는데.

"점원이 무슨 말 안 했어?"

"안 했는데."

"혹시 모르니 한 번 더 묻겠는데, 고바토가 한 짓 아니지?"

지당한 의심이다. 내가 제일 가까이 있었으니.

"응. 애초에 마카롱은 낱개 판매를 안 하니 한 개만 살 방법이 없잖아."

"응……."

오사나이는 살짝 고개를 떨구고 중얼거렸다.

나는 과거에 수수께끼 풀이를 즐겼다. 지나치게 즐겨서 인간관계에 지장이 생기는 바람에 스스로도 각오한 바가 있어 앞으로는 괜히 영리한 척하지 않으려고 한다. 그런 각오와는 별개로 오사나이의 마카롱이 늘어난 사실에 대해 나는 추리하려 하지 않았다. ……단순히 점원의 실수로밖에 보이지 않았기 때문이다.

"점원을 부를까?"

"잠깐."

대답을 기다리지 않고 손을 든 순간 오사나이가 작지만 날카로운 목소리로 말렸다.

"……잠깐만. 점원의 실수 같지 않아."

확실히 열 개의 마카롱이 열한 개가 되었다면 단순한 실수일 수도 있겠지만 세 개의 마카롱이 네 개가 되었는데 눈치채지 못하는 점원이 있을 것 같지는 않다. 하지만 세상에는 뜻밖의 일들도 많으니 당연히 일단 점원에게 확인해봐야 할 것 같았다.

"왜 부르면 안 되는데?"

솔직하게 그렇게 묻자 오사나이는 난처한 표정을 지었다. 나는 그 아리송한 표정에서 어째서 이런 단순한 문제를 모르느냐는 짜증과, 자기도 어떻게 설명해야 할지 적절한 표현이 떠오르지 않는 초조함을 알아차렸다.

"음. 점원이 실수했을 가능성도 물론 있겠지. 하지만 그 가능성은 상당히 낮을 거야."

고갯짓으로 동의를 표했다.

"그러니 점원의 실수가 아니라면 이건 누군가 일부러 놓았다는 뜻이잖아? 그 사람은 뭔가 목적이 있어서 이런 짓을 했을 테지."

"뭐, 그렇겠지."

"그렇다면…… 섣불리 점원을 불러서야 그 누군가의 의도에 놀아나는 셈이 되지 않겠어?"

쓴웃음을 삼켰다. 정말 오사나이답다고 해야 할까.

내가 추리하려 드는 경향을 교정하고 싶은 것처럼, 오사나이도 자기 성향을 제어하고 싶어 한다. 우리는 서로를 감시하고, 도우며, 평온하고 무해하며 주위에 영합하는, 누구에게도 민폐를 끼치지 않는 소시민이 되겠노라 맹세했던 것이다.

그 맹세를 감안하더라도 오사나이는 사정도 모른 채 남에게 놀아나는 것은 도저히 용납할 수 없는 모양이다.

그 높은 긍지는 우리가 약속한 교정해야 할 성향과는 직접적인 관계가 없다. 그래서 나는 그렇게 고집 부릴 일이 아니라는 말을 하지 않았다. 모처럼 방과 후에 달려온 파티스리에서 고대하던 마카롱을 눈앞에 두고 흥이 깨진 심경은 이해하고도 남는다. 오사나이가 누군가의 묘한 의도에 놀아나기 싫다고 생각하더라도 탓하거나 말릴 생각은 없었다.

"그렇구나. 알았어. 점원을 부르는 건 마지막 수단으로 하자."

끄덕, 고갯짓이 돌아왔다.

새삼 네 개의 마카롱을 살펴보았다. 초록색과 갈색과 마블 무늬와 투톤 컬러의 네 종류다. 마주 보는 자리라 내 쪽에서 볼 때 작은 접시에서 가장 가까이에 있는 게 투톤 컬러, 그 뒤쪽에 마블과 갈색 두 개가 나란히 놓여 있고, 오사나이에게 가장 가까운 게 초록색 마카롱이었다. 쉽게 말해 네 개의 마카롱은 세로로 길쭉한 다이아몬드 모양으로 놓여 있었다.

"그래서 늘어난 마카롱은 어느 거야?"

나는 별 뜻 없이 그렇게 물었다. 이 가게에서는 손님이 주문하고 싶은 마카롱을 세 종류 지정한다. 오사나이는 그 세 종류를 미리 정해두었다……. 정확히는 그것을 맛보기 위해 나고야까지 왔으니 어느 게 자기가 주문한 마카롱이고 어느 게 아닌지는 바로 알 거라고 생각했다.

하지만 오사나이는 자기 눈앞의 마카롱을 쳐다보며 한동안 침묵하다가 천천히 손을 들더니 초록색 마카롱을 가리켰다.

"이건 피스타치오. 9월부터 판매하는 가을철 한정 상품이니 아마 11월까지 팔 거야."

이어서 갈색 마카롱을 가리켰다.

"이건 보다시피 마롱. 나가노의 밤을 사용하는데 제철 상품이라고 하기에는 아직 조금 이르지만 이것도 역시 가을철 한정."

마블 무늬에 대해서는,

"코코넛 파파야. 여름철 한정 상품이지만 9월까지는 판매한대. 마롱이 설렘이라면 이쪽은 여운이랄까."

마지막으로 투톤 컬러를 가리키며 말했다.

"이게, 코기."

"코…… 뭐?"

"코기. 파티스리 코기의 특별 마카롱인데 가게의 대표 상품 같은 존재야."

종류에 대해서는 잘 알겠다. 하지만 내가 궁금한 건 어느 게 오사나이가 주문하지 않은, 추가된 마카롱인가 하는 점이다. 다시 물어보려고 입을 연 순간, 오사나이의 미간에 감도는 고뇌를 깨달았다. 설마…….

"뭘 주문했는지 잊어버렸어?"

짧은 침묵이 흘렀다.

"……응."

"그럴 수가, 어쩌다?"

오사나이는 그러고 있으면 진실이 보이기라도 할 것처럼 마카롱에 뜨거운 시선을 쏟으며 대답했다.

"오늘은 피스타치오하고 마롱하고 코코넛 파파야하고 퍼시먼을 먹어볼 생각이었어. 하지만 사실은 코기를 먹고 싶었어. 젊은 시절 코기 하루오미의 성공을 받쳐주었고, 그후로도 늘 파티스리 코기의 이름과 함께 언급되는 대표 상품이니 당연히 관심이 가지. 하지만 준비하기 힘든 식자재를 쓰기 때문에 이 아넥스 루리코에서는 아직 준비 단계였어. 오늘은 계절 한정을 먹고, 언젠가 코기 마카롱을 팔기 시작하면 또 오면 된다고 생각했지."

그 말을 들으니 아까 쇼케이스 앞에서 오사나이가 시간을 끈 이유를 알겠다. 아직 판매할 리 없는 영순위 마카롱을 보고 계획이 어그러졌던 것이다.

"나는 망설였어. 내가 주문할 생각이었던 세 종류 가운데 어느 하나를 뺀다면 코코넛 파파야였겠지. 하지만 이건 여름철 한정이니 다음에 올 때는 이미 없을지도 몰라. 그렇게 따지면 피스타치오도 마롱도 계절 한정이고, 코기는 재료만 순조롭게 준비되면 상시 판매 상품이 되리라는 걸 알아. 언젠가는 문제없이 살 수 있겠지만 지금 먹고 싶은 코기, 반대로 참을 수는 있지만 지금 먹지 않으면 판매가 끝날지도 모르는 나머지 세 종류, 어느 걸 어떻게 해야 좋을지 몰라서……."

오사나이는 두 손으로 뺨을 감쌌다.

"주문한 건 분명히 나야. 얼마나 기대했는데! 하지만 이제는 뭘 포기했는지 나도 모르겠어……."

"……오사나이."

그렇게까지 비통해할 건…….

어쨌든 이것으로 점원에게 확인해볼 수도 없으며 오사나이도 기억해내지 못하고 있는 지금 상황을 확실히 이해했다.

오사나이는 마카롱을 가져다놓은 누군가의 의도에 놀아나지 않으려 한다. 그렇다면 최종적으로는 누가 어째서 마카롱을 가져다 놓았는지 밝혀내야 한다. 그러려면 네 종류 가운데 어느 게 추가된 마카롱인지 밝혀내는 작업은 사건 해결의 첫 걸음으로 타당하리라.

어떻게 하면 선택받지 못한 네 번째 마카롱을 찾아낼 수 있을까?

내 생각에 이건 관찰력으로 해결할 수 있다.

"마카롱이 세 개 담긴 내 접시에 네 번째 마카롱을 놓은 것인지."

오사나이가 목소리를 낮추더니 그렇게 운을 뗐다.

"아니면 마카롱을 네 개 담은 접시를 내 접시와 바꿔치기한 것인지, 현장에 없었던 나는 상상이 안 가. 고바토, 어느 쪽이었을 것 같아?"

어라.

오사나이와 나는 약속을 나누었다. 서로의 나쁜 버릇이 튀어나오지 않도록 감시하고, 버릇을 드러내지 않도록 도우며, 서로를 핑계로 써서 귀찮은 일로부터 멀어지는 호혜 관계라는 약속을. 그 기준에서 오사나이가 내게 이런 질문을 하는 건 괜찮은 걸까?

……뭐, 괜찮겠지. 달리 누가 있는 것도 아니고, 게다가 이 정도는 추리 축에도 들지 않는다. 나는 잠시 생각했다.

"후자는 아닐 거야. 후자의 경우 네 번째 마카롱 이외의 세 개가 오사나이가 주문한 마카롱과 우연히 겹쳤다는 뜻이 되는데 그건 확률이 너무 낮아. 우연이 아니라면 오사나이의 주문을 파악하고 있던 사람이 조작한 거라고 생각해야 하는데 그런 사람은 주문을 받은 점원 본인밖에 없어. 점원이 덤으로 마카롱을 서비스해줄 이유도 없고, 설사 그렇다고 해도 뭔가 한마디 했겠지."

오사나이도 여기까지는 생각했던 모양이다.

"그렇지? 역시 누군가 내 접시에 마카롱을 두고 간 거야. 그럴 기회는 있었을까?"

"나는 오사나이가 시킨 마카롱을 주시하고 있었던 게 아니니까. 짐은 지키고 있었지만……."

다만 오사나이의 자리는 내 정면이라 일반적인 상황이라면 싫어도 눈에 들어온다. 지금 여기서 누군가 오사나이의 작은 접시에 다섯 번째 마카롱을 두고 간다면 그 순간을 놓칠 리 없다. 무슨 까닭으로 내 관심이 다른 곳으로 쏠리지 않는 이상 누구라도 이런 장난은 칠 수 없었을 것이다.

그렇게 생각하면 짐작 가는 이유는 한 가지뿐이었다.

"오사나이가 손을 씻으러 간 다음 내가 주문한 세트가 나왔어. 조금 뒤에 오사나이가 시킨 메뉴도 나왔지. 그 시점에서 마카롱이 몇 개였는지는 기억이 안 나. 그리고 갑자기 시보가 울렸어."

"시보?"

"저거야."

내 뒤쪽, 도로 건너편 빌딩에 설치된 대형 시계를 가리켰다.

"5시가 되자마자 저기서 시끄러울 정도로 〈오, 아름다운 목장〉 음악이 나오기 시작했어. 깜짝 놀라서 뒤를 돌아봤더니 난쟁이 인형이 제법 섬세한 움직임으로 장작을 패기에 잠시 구경했지."

잠시 후에 덧붙였다.

"누군가 장난을 쳤다면 그때뿐이야."

꼼짝도 하지 않던 오사나이가 갑자기 고개를 툭 떨구었다.

"왠지 껄끄러워."

"껄끄럽다고?"

"내가 손을 씻으러 간 건 우연, 고바토가 시보에 뒤를 돌아본 것도 우연. 그렇다면 범인은 우연히 조건이 갖추어졌다는 걸 알고 충동적으로 내 접시에 마카롱을 두었다는 뜻이 돼. ……아마 내가 아니라도 상관없었을 거야."

시보가 그만한 음량으로 울렸으니 내가 뒤를 돌아보리라는 것은 상당히 개연성 있게 추측할 수 있을 것이다. 하지만 점원이 테이블에 마카롱을 세팅한 게 5시 직전이었던 것은 순수하게 우연이니 범행이 충동적이라는 오사나이의 지적은 옳다.

"하지만 네 번째 마카롱은 미리 준비해둔 거야. 계획성이 느껴져. 그 점이 껄끄러워."

확실히 듣고 보니 미묘한 어긋남이랄까 온도 차랄까, 앞뒤가 맞지 않는 느낌이다. 정체불명의 마카롱 투척마의 심경을 헤아리려는 듯 오사나이는 한동안 심사숙고하다가 짧은 한숨을 토했다.

"그건 일단 차치하고, 뭐가 네 번째 마카롱인지부터 알아내지 않으면……."

"그래, 타당한 출발점이야."

"어느 마카롱도 먹을 수 없어."

아아, 그런 문제도 있었군.

오사나이는 또다시 작은 접시를 뚫어져라 쳐다보았다.

"고바토의 빈틈을 타서 마카롱을 두고 갔다면 고바토한테서 가장 먼 이것……일까?"

피스타치오 마카롱을 가리켰지만 근거가 희박하다는 사실은 충분히 알고 있는지 목소리에 전혀 자신이 없었다. 나도 일부러 못 들은 척했다.

"이건 머리만 굴려서는 풀 수 없어. 관찰이 필요해."

"관찰?"

사실 나는 네 번째 마카롱을 알아낼 커다란 단서를 이미 눈치챘다. 바로 설명할 수도 있지만 오사나이에게도 그 단서를 보여주고 싶어서 타이밍을 노리고 있었던 것이다.

점원이 티&마카롱 세트를 쟁반에 담아 손님에게 다가갔다. 나는 가만히 집게손가락을 뻗어 점원 쪽으로 오사나이의 주의를 끌었다.

"오래 기다리셨습니다."

두 명의 젊은 여자 손님이었는데, 회사원인지 둘 다 비슷한 치마 정장을 입고 있었다. 주문한 디저트가 차려지는 것을 기대에 찬 눈빛으로 바라보고 있다. 점원은 티포트를 내려놓고, 찻잔을 내려놓고, 밀크피처와 설탕 그릇을 내려놓고, 작은 접시를 살짝 돌린 다음 가만히 테이블에 내려놓았다. 두 사람의 얼굴이 환해지는 것을 지켜본 오사나이가 내 쪽으로 고개를 돌렸다.

"……매번 저래?"

역시 오사나이다, 내가 하고 싶은 말을 바로 알아차린 모양이다.

"응. 항상 저래."

접시를 돌리는 동작을 두고 하는 말이었다. 점원은 언제나 테이블에 내려놓기 전에 접시를 돌렸다.

접시를 돌리는 건 돌릴 필요가 있기 때문으로, 그것은 곧 접시에는 정해진 방향이 있다는 것을 의미한다. 마카롱을 곱게 담아 손님에게 가장 예쁘게 보이도록, 규칙으로 정한 방향이 있는 것이리라.

지금 점원이 내려놓은 마카롱의 방향은 이쪽에서는 보이지 않지만 볼 것까지도 없었다. 방향이 정해져 있다면 당연히 내 접시는 올바른 위치에 놓여 있으리라. 어쨌거나 나는 손 씻을 차례를 기다리느라 마카롱과 접시에는 손가락 하나 대지 않았으니까.

그러한 사실을 굳이 설명할 필요도 없이 오사나이는 이미 내 마카롱을 응시하고 있었다. 내 눈앞의 작은 접시에는 안쪽에 퍼시먼, 바깥쪽에 바난과 카카오가 있고, 내 쪽에서 볼 때 역삼각형을 이루고 있다. 손님 쪽에서 볼 때 역삼각형이 되도록 작은 접시를 세팅하는 게 이 가게의 규칙이라면 네 번째 마카롱은 고민할 것도 없이 알 수 있다.

"……이거였구나."

오사나이는 핑크색과 하얀색의 투톤 컬러로 이루어진 마카롱, 코기 하루오미의 대명사인 코기에 오른손을 뻗었다.

"역시 나는 코기를 포기했던 거구나. 언젠가는 확실하게 먹을 수 있게 되니까, 당연한 선택이야…….”

나는 한숨을 쉬고 싶은 심정이었다.

분명 소시민이 되겠노라 맹세했고, 그 맹세를 깰 생각은 없다. 하지만 오사나이가 난처한 사태에 빠졌을 때 사고와 추론만으로 그녀를 돕지 못하고, 관찰이 결정타가 되다니 역시 조금 유감이다. 관찰로 진실을 꿰뚫어 보는 일이 언제나 쉽다고 하지는 않겠지만 상황으로 보건대 아무래도 이번에는 상상을 초월하는 일은 벌어질 것 같지 않다!

오사나이가 코기를 집어 들었다.

순간 그 표정이 다시 영리하게 빛났다. 손가락을 멈추더니 천천히 코기를 위아래로 흔들기 시작했다.

“……왜 그래?”

신성한 마카롱 접시를 더럽힌 이물질, 코기에 일종의 의식처럼 벌을 내리려는 걸까? 의아해하는 내 앞에서 오사나이는 몇 번 더 코기를 흔들더니 이어서 왼손으로 피스타치오 마카롱을 들고 똑같이 흔들어보고는 어딘가 망연한 목소리로 중얼거렸다.

“무거워. 중심이 이상해.”

“마카롱의 중심이?”

오사나이는 피스타치오를 내려놓고 다시 코기를 손에 들었다. 한순간의 망설임 끝에 비통하게 표정을 일그러뜨리며 마카롱을 이루는 두 개의 구움 과자 중 위쪽 한 겹을 벗겨냈다.

"뭘……."

저도 모르게 하던 말을 삼켰다.

네 번째 마카롱에는 초콜릿만 들어 있는 게 아니었다. 거기에는 반지가 하나, 조명을 받아 금색으로 빛나고 있었다.

4

파티스리 코기 아넥스 루리코에는 손님이 끊이지 않았다. 온화한 웃음소리, 도자기가 서로 스치는 낮은 소리, 포크가 접시에 닿는 날카로운 소리가 들린다. 잊고 있던 달콤한 향기도 잠시 되돌아온 것 같았다.

마카롱 속에는 반지가 들어 있었다. ……상상을 초월한 일이다.

무슨 일이 벌어졌는지 파악하는 데 시간이 조금 걸리는 바람에 오사나이가 먼저 정신을 차렸다.

"……몇 번이나 확인해서 미안해. 이거, 고바토가 주는 깜짝 생일 선물은 아니지?"

"아니라니까. 열차 안에서 들을 때까지 마카롱을 먹으러 가는 줄도 몰랐고, 애초에 오늘이 오사나이의 생일인 줄도 몰랐어."

오사나이는 고개를 도리도리 저었다.

"아니야. 오늘은 생일이 아니야."

아니, 생일이라는 말을 꺼낸 건 내가 아닌데. 오사나이는 여전히 미심쩍은 눈빛으로 쳐다보았다.

"하지만 고바토는 방심할 수 없는 사람이니 어딘가에 추리의 단서가 있었을지도 몰라."

"높게 평가해주는 건 기쁘지만 그 정도는 아니야."

"칭찬은 아니야……."

……그렇군.

그건 그렇다 치고 나는 마카롱 속에 들어 있는 반지를 새삼 자세히 보았다. 금색 반지로 초콜릿 속에 푹 파묻혀 있다. 위에서는 보석의 유무는 확인할 수 없었다. 저렴한 장난감인지 아니면 진짜 금반지인지, 나는 감정할 수가 없다. 다만 고가품일지도 모르는 이상 상황은 조금 심각해졌다.

"섣불리 움직이지 않길 잘했네."

오사나이가 고개를 끄덕였다. 극단적으로 말해 마카롱뿐이라면 늘건 줄건 중요한 문제가 아니다……. 오사나이의 개인적 감정을 별개로 본다면. 하지만 금반지가 되면 경우에 따라서는 형사사건으로 발전할 수도 있다. 누군가의 의도에 놀아나기 싫다는 오사나이의 고집은 좋은 방향으로 작용했다.

"이거 어떻게 할까?"

오사나이가 집게손가락을 세웠다.

"점원에게 알린다."

이어서 가운데손가락을 세운다.

"경찰에 알린다."

약손가락을 세우고,

"아무 행동도 하지 않고 내버려둔다."

마지막으로 새끼손가락을 세웠다.

"꿀꺽."

"그건 안 돼! 소시민 차원에서 안 돼!"

"어디까지나 선택지의 얘기야."

오사나이는 태연히 말하며 고개를 돌렸다. 어디선가 반사된 빛이 그런 오사나이의 옆얼굴을 비추었다. 눈에는 닿지 않아 오사나이는 눈치채지 못한 모양이지만.

"……어떻게 할지 정하려면 어째서 내 접시에 반지 마카롱이 놓였는지 어느 정도 밝혀낼 필요가 있어."

"맞아. 우선 마카롱의 출처부터."

"응."

아까까지 네 번째 마카롱이 어디에서 만들어진 것인지는 문제 삼지 않았다. 마카롱을 파는 파티스리에서 마카롱이 늘었으니 이유야 어쨌든 가게 상품일 거라고 생각했기 때문이다. 하지만 사정이 바뀌었다.

"이거, 이 가게에서 만든 마카롱일까? 아니면 누군가 자기 집에서 만들어서 가져온 걸까?"

그렇게 묻자 오사나이는 방금 분리해낸 구움 과자를 눈높이로 들어 올리더니 매처럼 날카로운 시선을 던졌다.

"……피에가 예쁘게 나왔고, 모양에도 특징이 있어. 크기도 일정하니 아마추어는 논할 필요도 없고 외부 파티시에가 만든 것도 아닐 거야."

"피에?"

"마카롱 아래쪽에 있는, 거품 낸 머랭을 구워서 굳힌 부분을 말해. 아마추어가 만들기란 상당히 어렵고 가게마다 피에 모양에 특징이 있어. 위쪽을 향하고 있는 이 피에는 파티스리 코기에서 만드는 다른 마카롱의 특징과 일치해."

그렇게 말하더니 실제로 그 부분을 어루만졌다.

사소한 점이지만 일단 확인해야겠다.

"오사나이가 지금 들고 있는 건 마카롱 껍데기라고 할까, 구움 과자 쪽이지?"

그러자 오사나이는 아까 쾌속 열차 안에서처럼 대단히 진지한 표정으로 구움 과자를 내게 보여주며 말했다.

"사실 그게 바로 마카롱이야. 마카롱 두 장으로 가나슈 같은 필링을 덮은, 오늘날 우리가 보는 소위 마카롱이란 정확히는 '마카롱을 사용한 과자'인 셈이지. 통칭은 마카롱 파리지앵, 이 형태를 발명한 사람은 그 유명한……."

"가나수 필링?"

"가나슈 같은 필링. 고바토가 알아듣게 바꿔 말하면 초콜릿 같은 속."

설명 감사합니다.

지금 이야기를 정리하자면.

"이 반지가 든 마카롱을 만든 건 이 가게 관계자라고 봐도 무방하다는 뜻이네."

"응. 애초에 코기는 이 가게 명물이니까."

그렇다면 한 가지 놓쳐서는 안 될 가능성이 나온다.

"사고였다고 생각할 수는 없을까? 반지를 낀 채로 마카롱을 만들다가 실수로 초콜릿…… 가나슈…… 필링? 거기에 떨어뜨렸을 가능성은?"

"복잡하니까 가나슈로 통일하자."

오사나이는 그렇게 전제를 두고 잠시 생각에 잠겼다.

"반지를 낀 채로 작업하는 파티시에도 없지는 않아. 내가 아는 한 과자를 만들 때 반지를 끼는 일본인 파티시에는 본 적이 없지만, 프랑스인 중에는 그런 사람도 있었던 것 같아. ……다만 가나슈는 짤주머니에 담아서 짤 거야. 만약 반지가 빠져서 가나슈 안에 떨어졌다 해도 주머니 입구에 걸릴 테지."

"사고 가능성은 낮다는 뜻?"

고갯짓이 돌아왔다.

그렇다면 역시 이 반지는 고의로 마카롱에 넣어두었다는 뜻이 된다. 대체 그런 짓을 할 이유가 뭘까?

적어도 나는 한 가지밖에 떠오르지 않았다.

"그럼 무슨 이유든 반지를 숨겨야 했고, 근처에는 만들다 만 마카롱밖에 없었다거나."

경찰에 쫓긴 도둑이 체포되기 직전에 반지를 마카롱에 숨기고 반지 같은 건 없습니다, 하고 당당히 몸수색을 받는다. 그런 상상을 했다. 하지만 오사나이는 완전히 다른 생각을 했는지 대답도 하지 않고 피스타치오 마카롱에 다시 손을 뻗었다.

"미안해, 나의 마카롱……."

그렇게 중얼거리며 마카롱을 떼어내려 했다.

하지만 뜻밖에도 마카롱은 떨어지지 않았다. 이윽고 구움 과자 표면에 금이 가더니 위쪽의 얇은 껍질만 한 겹 벗겨졌는데 스펀지 같은 부분은 가나슈에 들러붙은 채였다.

무참한 꼴로 변한 마카롱에 서글픈 시선을 쏟으며 오사나이가 중얼거렸다.

"역시. 일반적으로 마카롱은 떼어낼 수 없어."

"붙어 있어?"

"아니. 두 장의 마카롱으로 가나슈를 덮은 다음, 냉장고에서 꼬박 하루 재우는데 그사이에 가나슈와 마카롱이 서로 들러붙는 걸 거야. 먹기 전에 상온에 꺼내놓아도 둘이 떨어지는 경우는 없어서, 기울이거나 굴려봐도 마카롱이 벗겨진 적은 한 번도 없었어."

굴려본 적이 있구나. 잘 굴러가게 생겼으니 그러고 싶은 마음은 이해하지만.

"아래쪽 마카롱에 가나슈를 짜서 그대로 재운 다음 위쪽 마카롱을 덮으면 잘 떨어지겠지. 다시 말해 이 마카롱은 일부러 이런 식으로 만든 거야."

어째서?

뻔하다!

반지를 금방 발견할 수 있도록, 그리고 쉽게 꺼내도록 하기 위함이다. 평범한 방법으로 만든 마카롱에 반지를 넣으면

산산조각 내 분해하지 않는 한 꺼낼 수 없다. 그렇다면…….

내가 상상한 말을 오사나이가 가로챘다.

"즉 이 마카롱은 반지 케이스로 특별히 만들어진 거야."

사고로 그렇게 되거나 은닉한 게 아니라 반지를 넣기 위해 마카롱을 만들었다. 논리적으로는 그렇게 된다.

하지만 그럴 수가 있을까? 음식물에 금속을 넣다니 이상한데. 석연치 않은 내 표정을 알아차렸는지 오사나이가 설명을 덧붙였다.

"드문 일은 아니야. 프랑스에서는 갈레트 데 루아에 도자기 인형 같은 걸 넣고, 영국에서는 크리스마스 푸딩에 반지나 골무를 넣는데다가 미국에서는 포춘쿠키에 점괘를 넣어."

"여긴 프랑스가 아니잖아."

"하지만 프랑스 과자점이지."

뭐, 확실히 양과자점에서 서양 풍습을 따른다고 이의를 제기하는 것도 이상할지도.

오사나이의 가설이 옳다면 누군가 누군가에게 반지를 선물하려고, 그것을 위한 케이스로 마카롱을 선택했다는 뜻이 되리라. 특이한 반면 확실히 낭만적이기도 하다. 비싼 반지일 테니 일이 복잡해지기 전에 돌려주고 싶은데, 보내는 사람은 대체 누구일까?

"분명 특별히 주문한 걸 거야. 어떤 손님이 반지가 든 마카롱을 주문했는데 그 특별 주문품이 실수로 내 접시에 섞여서……."

그렇게 말하던 오사나이가 도중에 말을 삼켰다. 점원의 단순 실수로 보기는 어렵다는 점을 기억해낸 것이리라. 그렇다, 이 반지 마카롱은 실수가 아니라 누군가 의도적으로 놓은 것이다.

게다가 또 한 가지, 오사나이가 생각하지 않은 가능성이 있다.

"꼭 손님이 주문했다는 법은 없잖아. ……가게 사람이 개인적으로 부탁한 걸지도 몰라."

마카롱은 이 가게 상품이지만 모든 마카롱이 상품일 필요는 없다. 이 가게 파티시에 중 누군가 개인적으로 만들어서 소지품인 반지를 넣은 걸지도 모른다.

오사나이가 고개를 까딱이더니 물었다.

"그 생각은 못 했어. 고바토는 어느 쪽일 것 같아? 특별 주문품일까, 개인 물품일까?"

나는 팔짱을 꼈다. 직감적으로 이쪽이다 싶은 답은 있지만 과연 그것을 증명할 수 있을지. 홍차에 손을 뻗어 한 입 마셨다. 조금 식어 있었다.

"……특별 주문한 거라면 대략 세 가지 문제가 있어."

"세 가지나?"

"응."

찻잔을 내려놓았다. 반짝 빛나는 무언가가 내 눈에 닿았다. 무슨 빛인지 생각할 새도 없이 사라져, 개의치 않고 계속 말했다.

"첫 번째, 반지를 미리 맡아둘 필요가 있어. 비싼 물건을 맡는 건 가게가 싫어하지 않을까. 금고가 있는 것도 아니고."

오사나이는 깜짝 놀란 표정을 지었다.

"맞아, 듣고 보니. 가게는 절대 그런 걸 맡아두려 하지 않을 거야."

"두 번째, 아무리 부탁받았다 해도 자칫 삼켜버릴 가능성이 있는 걸 만들어서 팔까? 오사나이가 아까 말한 갈레트데…… 뭐랬지, 그 디저트 광고는 나도 본 적이 있어. 하지만 도자기 인형은 따로 제공한다고 적혀 있었던 것 같아."

"맞아. 일본에는 그런 가게가 많아."

"원래 일본에는 없는 풍습이니, '인형이 들어 있습니다!' '삼키지 마세요!' 아무리 그렇게 강조해서 써놔도 실제로 실수로 삼켰다가 다치거나 병에 걸리는 사람이 있다면 가게가 책임을 져야 할 테니까. 별도로 제공하는 것도 어쩔 수 없을 거야. 이 반지 마카롱도 똑같지 않을까?"

"그런 경우 나는 가게 책임이라고 생각하지 않지만……."

그렇게 중얼거리다가 오사나이는 작게 고개를 끄덕였다.

"무슨 말을 하고 싶은 건지는 알겠어."

"그리고 세 번째, 이건 단순해. 이 가게는 마카롱 테이크아웃은 아직 준비 단계야. 다른 손님들 눈이 있는데 특별 주문을 받는다는 건 조금 불공평하지 않을까?"

여기에는 적극적으로는 찬성하지 않는지 오사나이는 아무 말도 하지 않았다.

세 가지 문제점을 열거했지만 사실 말하는 사이에 이러한 문제는 해결할 수 있지 않나 싶은 생각도 들었다.

"그렇지만 어쩌면 가게는 떼어내기 쉬운 마카롱을 만들어 주기만 했고 반지는 손님이 직접 넣었다면, 첫 번째하고 두 번째 문제점은 해결할 수 있을지도 몰라."

처음부터 다시 검토해야 하나 싶었는데 오사나이가 시원스레 말했다.

"아, 그럴 리는 없어. 반지는 가나슈에 깊이 박혀 있었고 가나슈에도 마카롱에도 금은 가 있지 않았어. 갓 만들어서 아직 가나슈가 말랑할 때 반지를 넣었을 거야."

그건 몰랐다. 역시 둘이 있으면 세세한 관찰이 가능하다.

"그렇다면 반지 마카롱은 손님이 특별히 주문한 게 아니라 파티시에가 개인적으로 준비한 거라고 볼 수 있겠네. 실은 특별 주문품이라면 어떻게 주방에서 가져왔을까 고민하고 있었거든."

파티스리 코기 아넥스 루리코는 플로어에서 주방 내부를 살펴볼 수 있는 구조다. 사각이 없는 건 아니지만 보는 눈이 있는 가운데 특별 주문품을 훔쳐내서 오사나이의 접시에 두기란 불가능에 가까워 보였다.

"개인적으로 준비한 거라면 이야기는 훨씬 단순해져."

"응."

오사나이도 바로 이해한 것 같았지만 스스로 정리하려는 듯 말을 이었다.

"개인적으로 준비한 반지 마카롱을 주방의 업무용 냉장고에 넣어둘 것 같지는 않아. 종업원 휴게실 냉장고에 넣어두었겠지."

이 가게의 파티시에가 종업원 휴게실 냉장고에 보관해두었던 반지 마카롱을 누군가 훔쳐내서, 내가 대형 시계 시보에 정신 팔린 사이 오사나이의 작은 접시에 올려두었다. 아직 영문을 알 수 없는 점도 많지만 처음의 혼돈에 비하면 제법 많이 정리되었다.

"어째서 직장에 반지를 가져왔을까?"

그렇게 묻자 찰떡같은 대답이 돌아왔다.

"선물할 상대도 이 가게에 있으니까. 집이 얼마나 먼지에 따라 다르겠지만 근무를 마치고 일단 집에 돌아가서 반지를 챙겨 다시 직장으로 돌아와서 마음에 둔 상대에게 건네기는 어려울 거야."

"그러네. 나도 그렇게 생각해."

물론 잠글 수 없는 종업원용 냉장고에 반지를 두면 도둑맞을 우려가 있다. 아니, 실제로 도둑맞았다. 부주의하기는 하지만 주인은 마카롱 속에 반지가 있다는 사실을 설마 들킬 줄 몰랐으리라.

오사나이는 이미 손을 씻었는데도 마카롱에 손을 대려 하지 않았다. 추론하면서가 아니라 순수하게 집중할 수 있는 상태에서 먹고 싶기 때문이라는 것은 지금까지의 경험으로 알 수 있었다. 티포트를 들어 천천히 찻잔에 따른다. 홍차를 한 모금 마시고 꼴깍 삼키더니 얼굴을 찌푸렸다. 평소에는 설탕을 듬뿍 넣는데 깜빡한 것이다. 오사나이가 한숨을 쉬며 말했다.

"이것으로 누가 이 마카롱을 만들었는지도 알겠네."

"어?"

알고 자시고, 나는 이른바 '용의자'에 해당할 이 가게 파티시에가 몇 명이나 되는지도, 그 이름도 전혀 모른다. 이 상태에서 정답을 구하는 건 너무 졸속이랄까, 불가능하다. 아, 그런가, 오사나이는 이런 정보에 상세하니 파티시에 목록도 가지고 있을지 모른다. 아니, 하지만 이상한데. 오늘 처음 왔을 테고 애초에 목록이 있어도 지금 단계에서 단언할 수 있는 정보는 하나도 없을 터…….

혼란에 빠진 나를 보며 오사나이는 의아한 듯이 고개를 갸웃거렸다.

"왜 그래?"

"아니, 그게…… 반지 마카롱을 만든 건 내가 모르는 사람이야?"

"……아까 강의해줬잖아."

달그락, 딱딱한 소리를 내며 찻잔을 받침에 내려놓는다.

"반지가 들어 있던 마카롱은 코기, 파티스리 코기의 창시자, 코기 하루오미의 대명사. 반지라는 의미심장한 선물을 보내는데 다른 사람의 이름이 붙은 디저트를 고르겠어? 당연히 이 반지를 선물하는 사람은 코기 하루오미야. 생각해봐, 고바토. 다른 사람이라면 자기가 일하는 회사의 사장 이름이 붙은 마카롱으로 반지를 선물하는 셈이 돼. 절대 있을 수 없는 일이야."

5

"잠깐만."

나는 허무한 저항을 시도했다.

"코기 하루오미는 도쿄에 있는 것 아니야?"

"고바토. 코기 하루오미의 직장은 분명 도쿄지만, 신칸센이라는 고속 열차가 있어서 용건이 있으면 나고야에 올 수도 있답니다."

일축당했다.

오사나이는 마카롱을 분리한 코기를 손에 들고 가만히 쳐다보았다.

"코기 하루오미가 와 있다면 나고야 지점에서는 재료를 마련하지 못한 코기가 오늘에 한해 가게에 있는 것도 이해가

가. 나고야에서는 코기를 만들 수 없어, 그렇다면 도쿄에서 만든 것을 가져왔다고 생각할 수 밖에 없어. 새 점포에 코기를 조금이라도 두려고 코기 하루오미가 직접 가져왔을 거야. 그가 지금 이 장소에 없는 건 가령 코기의 재료 조달 흥정 같은 다른 용건 때문일 테고, 폐점 시간에는 돌아와서 반지를 마음에 둔 상대에게 선물하겠지."

"나고야에 온 진짜 목적은 누군가에게 반지를 선물하려고?"

"진짜 목적은 나고야 명물 장어덮밥일지도 모르지만……."

몇 가지 있었을지 모를 목적 중 하나는 반지를 선물하는 것이었으리라.

코기의 이름이 붙은 마카롱으로 반지를 선물할 수 있는 파티시에는 코기 하루오미 단 한 사람이라는 오사나이의 견해는 내 사고방식으로는 절대 다다를 수 없는 가설이다. 그 사실에 심경은 복잡하지만 수긍할 수밖에 없었다. 여기에 이르러 우리가 진행해온 추론은 마침내 메인 요리로 접어들었다.

즉 이러한 문제다.

"그럼 그 반지가 오사나이의 작은 접시에 놓인 이유는?"

그것도 여기까지 발판을 다졌으면 어느 정도는 보인다.

"평범하게 생각하면……."

오사나이는 그렇게 단서를 달았다.

"코기 하루오미가 반지를 선물하는 것을 막으려고. 조금 더 이야기하자면 사랑 행각을 방해하기 위해."

"사랑이라……."

그 키워드가 얽히면 관계자의 행동에 합리성이 결여되는 탓에 추론하기가 어려워져, 뜻하지 않은 결과에 이르는 경우가 많다. 이 문제는 조금 번거로울지도 모른다. 하지만 여기까지 왔는데 포기하기도 분하고 반지도 처리해야 한다. 짧은 한숨을 쉬며 논점을 열거했다.

"반지 선물을 막기 위해서라면 훔치기만 해도 돼. 그런데 왜 네 접시에 놓았을까? 손님 접시에 놓음으로써 사태는 심각해졌어."

무언의 수긍이 돌아왔다.

"알아차렸으니 다행이지만 만약 네가 넙죽 먹었다면 목에 걸려 소동이 났을 거야. 갓 오픈한 가게에는 치명적인 악평이 될 테고 뉴스에 나오면 도쿄의 가게도 위험해. 범인의 목적은 코기 하루오미의 사랑을 방해하는 것보다 이 가게를 망하게 하려는 것이었다고 생각할 수는 없을까?"

여전히 오사나이는 아무 말도 없이 설탕 그릇에서 설탕을 떠서 두 스푼 정도를 찻잔에 넣었다. 시간을 벌려는 듯 천천히 저어 잔에 입을 대더니 이번에는 마음에 들었는지 살며시 미소를 머금었다.

"확실히 누군가 반지 마카롱을 실제로 먹었다면 큰 소동이 벌어졌을 거야."

그렇게 말하며 잔을 내려놓는다.

"하지만 나는 먹지 않았어. 내가 아니더라도 먹지 않았을 거야. 세 개의 마카롱이 네 개가 되었는데 신나서 먹을 사람은 거의 없어."

오사나이라면 먹을 것 같은데……. 먹지 않은 모습을 실제로 봐놓고도 여전히 이렇게 생각하는 걸 보면 나는 오사나이에게 편견이 있는지도 모른다.

"범인이 만일 코기 하루오미의 반지를 이용해 손님에게 이물질이 든 마카롱을 먹게 해서 이 가게를 망하게 하려 했다면, 누군가의 접시 위에 있던 코기를 바꿔치기해야 마땅해. 그 기회가 없었다 해도 적어도 세 개의 마카롱 중 하나를 바꿔치기해야지. 그런데 범인은 반지 마카롱을 추가로 올려두기만 했어."

"응."

"그건 굉장히 안일해."

목소리에는 어딘가 침울한 감정이 묻어났다.

"그럼 범인의 목적은 오로지 코기 하루오미의 사랑을 방해하는 것이었다고 생각해야 할까?"

오사나이는 고개를 도리도리 저었다.

"정말 방해하고 싶었다면 굳이 에둘러서 반지 마카롱을 손님 접시에 놓을 필요가 없어. 마카롱에서 반지를 꺼내서 그대로 가져가버리는 게 낫고, 아예 짓밟아서 방치해두었다면 효과는 더 만점이지. 하지만 그러지도 않았어. 반지 마카롱을 손님 접시에 올려두는 방법은 여러모로 소동을 일으키겠지만 반지가 코기 하루오미의 수중으로 돌아갈 가능성이 큰 방식이기도 해. 마치 일을 원만하게 수습할 도주로를 남겨둔 것 같아."

어디선가 반사된 빛이 테이블 위를 헤맸다.

"범인은 코기 하루오미와 이 가게 양쪽에 타격을 주는 방식을 선택했으니 양쪽에 적의가 있었을 거야. 하지만 그 적의는 상대를 철저하게 무너뜨려 다시는 일어서지 못하게 하려는 적의가 아니라 훨씬 모호하고 각오가 없는, 투정 같은, 치졸한 적의야."

그 분석은 내가 이 추론을 통해 생각하고 있던 내용에 가까웠다.

"범인에게는 자기 보호 수단이 부족해. 종업원 휴게실에 들어갈 수 있는 사람이 한정적인 이상, 소동이 벌어진 뒤에 누가 반지 마카롱을 손님에게 내놓았는지 면밀히 조사하면 언젠가는 누구 소행인지 탄로 나고 말아. 범인은 그래도 굳이 반지 마카롱을 빼냈고, 그걸 손님에게 내놓았다는 건 앞뒤를 생각하지 않은 충동적인 범행이거나 혹은 들켜서 벌을 받아도 상관없다는 자포자기한 행동이야. 아까까지는 전자일까 싶었지만 후자라면 투정 같은 적의라는 오사나이의 견해와 일치해."

거기까지 말했다가 나는 잠시 숨을 고르고 웃었다.

"그런데 코기 하루오미가 반지를 선물하려는 상대는 역시 루리코 씨겠지? 풀네임은 뭐야?"

"다사카 루리코. 코기 하루오미의 오른팔이야. 응, 나도 그렇게 생각해."

다사카 루리코는 이 가게의 점장이다. 반지를 코기에 넣어 선물하는 행위가 코기 하루오미에게 어울리듯이, 그 선물을 받을 상대는 다사카 루리코여야 마땅하다. 범인이 적의를 품고 있는 상대는 코기 하루오미와 다사카 루리코 두 사람이라고 보아도 무방하리라.

그나저나.

이리하여 어째서 오사나이의 마카롱이 늘어났는지, 그 마카롱 속에 어째서 반지가 들어 있었는지에 대한 추론을 마친 지금, 반지를 처리할 가장 좋은 방법은 그것을 범인에게 돌려주고 우리는 애초에 아무 상관도 없다는 표정을 짓는 것 아닐까? 코기 하루오미에게 줘도 되지만 그와는 면식도 없고 우리가 훔쳤다는 의심을 사면 골치 아프다. 점원에게 건네도 이것저것 의심을 살 것 같고, 무엇보다 코기 하루오미와 다사카 루리코의 관계를 사내에 폭로하게 될지도 모른다. 어쩌면 그것도 범인의 목적 중 일부일지도 모른다고 생각하면 그러기도 꺼려진다. 가져가버리면…… 그건 역시 소시민답지 않다.

"범인은."

나는 그렇게 운을 뗐다.

"종업원 휴게실에 출입할 수 있는 인물이면서 이 가게 종업원이 아니야. 적어도 오늘은 출근하지 않았어."

오사나이가 끄덕거렸다.

"아무리 고바토의 눈을 피했다고 해도 종업원이 유니폼을 입은 채로 플로어에 나와서 내 접시에 마카롱을 두고 갔다고 생각하긴 어려워. 맞아. 하지만 플로어 담당 점원일 가능성은 없을까?"

그 부분은 기억에 남아 있다.

"시보가 울렸을 때 점원은 쇼케이스 안쪽에 있었어. 달려오지 않는 한 타이밍을 못 맞췄을 테고 그랬다면 아무리 그래도 내가 알아차렸겠지. 게다가 근무중에 계속 반지 마카롱을 가지고 있을 수단이 없어. 여기 앞치마에는 주머니가 없으니까."

납득했는지 반론은 없었다.

"범인은 코기 하루오미가 오늘 나고야에 온다는 사실을 알고 있었어. 게다가 그가 반지를 가져올 것도 알고 있었거나, 적어도 그걸 어렴풋이 눈치채고 있었어."

"반지가 마카롱에 들어 있다는 건?"

"알고 있었을지도 모르지만 어딘가에 있을 반지를 찾은 결과, 마카롱 속에서 발견했을 가능성을 부정할 수 없어. 하지만, 그래. 코기에 반지가 들어 있다는 사실은 모르더라도 코기 하루오미가 그런 낭만적인 행동을 좋아하는 사람이라는 건 알았을 것 같아."

작은 신음 소리를 내며 오사나이가 입술에 손가락을 댔다.

"……상당히 가까운 사람 같아."

"그러네. 다시카 루리코 말고 코기 하루오미와 가까운 여자 사원은 없어?"

"사원?"

오사나이가 당혹스럽다는 듯이 외쳤다.

"사원이라, 그래, 그럴지도 모르겠네."

"짐작 가는 사람이 있어?"

"아니, 없어. 나는 다른 쪽으로 생각하고 있어서 놀랐을 뿐이야. 미안해, 계속 말해."

다른 쪽이라는 것도 신경 쓰였지만 이끄는 대로 말했다.

"알았어. 음, 더 나아가 범인은 아직 이 플로어에 있거나, 이 플로어를 살펴볼 수 있는 위치에 있어. 사태의 추이를 지켜보고 싶을 테고, 무엇보다 언젠가 코기 하루오미의 손에 반지가 돌아갈 것을 상정하고 이번 일을 계획했다는 오사나이의 가설에 따르면 진짜로 도둑맞지 않도록 감시하고 있을 테니까."

"……."

"한 명이야. 두 명 이상이라면 시보 오르골이라는 불확실한 수단에 매달리지 않고 더 확실하게 내 시선을 끌 수 있었을 테니까."

마침내 여기까지 왔다.

가게 안을 재빨리 둘러보았다. 혼자 온 손님은 세 사람뿐이었다.

검정색 옷에 굵은 진주 목걸이를 하고 만족스럽게 몽블랑에 스푼을 내리꽂는 조금 통통한 중년 여성.

콤팩트를 열고 앞머리를 매만지느라 정신이 없는, 중학생인지 고등학생인지 모를 여학생.

노트북을 열고 한 손으로 거의 바닥난 아이스커피를 붙들고 있는 회사원 차림의 남성.

세 사람 다 우리와는 비교적 테이블이 가깝다. 굳이 따지자면 중년 여성이 조금 멀고, 몽블랑도 지금 막 나온 것처럼 보이지만 그것만으로 그녀가 아니라고 단언할 자신은 없다.

"소거법 조건을 생각해야겠네."

하지만 오사나이는 똑바로 나를 쳐다보며 약간 작위적인 미소를 띠었다.

"고마워, 고바토. 여기까지 쌓아 올렸으니 충분해. 나머지는 툭 치면 그만이야."

오사나이는 의자를 뒤로 빼고 일어나더니 반지가 든 마카롱을 한 손에 들고 빈자리가 없는 파티스리의 플로어를 걸어갔다.

여학생 앞에서 걸음을 멈추었다. 귀를 기울일 것도 없이 오사나이의 목소리는 잘 들렸다.

"코기 씨? ……장난은 좋지 않아."

6

우리 테이블에 합류한 여학생은 코기 코스모스라고 이름을 밝혔다. '秋櫻'이라는 한자를 쓰고, 중학교 3학년이라고 한다. 갈색으로 염색한 곱슬머리에 주근깨가 있고 커다란 눈은 또랑또랑했지만 지금은 힘없이 눈길을 떨어뜨리고 있다. 겉모습으로만 보면 아무리 후하게 봐도 오사나이가 연하 같은데, 이렇게 나란히 있으니 오사나이는 고등학생, 코기는 중학생으로밖에 보이지 않으니 신기한 일이다.

"어."

코기는 입을 열었다가 말문이 막혔는지 깊은 숨을 쉬고 나서 단숨에 말했다.

"어떻게 알았어요?"

"우리 얘기를 훔쳐 듣고 있었지?"

오사나이가 매섭게 단언했다.

"아까부터 거울 반사광이 테이블하고 고바토 얼굴을 계속 훑어대서 정신이 산만했어. 고바토가 애써준 덕분에 마카롱을 두고 간 범인이 이쪽 상황을 살펴보고 있다고 추리했고, 금방 범인이 거울로 이쪽을 살피고 있다는 걸 알았지. 게다가…… 내가 일어섰을 때 움찔 떨었잖아?"

나는 흉내 낼 수 없는 직관력과 행동력이다. 코기는 울먹거리며 어깨까지 떨었다.

"잘못했어요."

"왜 이런 짓을 했어? 아버지의 반지잖아?"

타이르는 듯한 오사나이의 말에 나는 이제야 오사나이가 범인에 대해 생각하고 있던 '다른 쪽'이 무엇인지 깨달았다. 나는 코기 하루오미와 다사카 루리코의 관계를 방해하려는 인물로 다사카 루리코가 받는 신뢰와 애정을 질투한 파티스리 코기 내부의 인물을 상상했다. 하지만 오사나이는 같은 조건에서 코기 하루오미의 가족을 생각했던 모양이다. 코기 하루오미의 성격을 잘 알고, 스케줄도 파악했으며, 반지를 건네려는 분위기도 알고 있었다……. 그렇군, 가족일 가능성이 높았다. 이건 내 실점이다.

"아버지는……."

코기 코스모스가 힘없이 입을 열었다.

"결혼반지를 한시도 몸에서 떼지 않았어요. 일할 때도. 어머니를 소중하게 여겨서 그런 줄 알았는데……. 어머니가 떠나고 나서 반년도 지나지 않았는데 코기 루리코라는 가게를 만들다니 믿을 수가 없었어요. 최악이야. 휴일도 아닌데 나고야에 온대서 뭔가 있구나 싶어서……. 이 가게를 오픈할 때 인사는 했으니 아버지가 깜빡 잊은 물건을 가지러 왔다고 둘러대고 휴게실에 들어갔어요."

겁먹은 듯 흔들리던 시선이 때때로 반지에 쏠렸다가 다시 멀어졌다.

"냉장고에 마카롱 한 개만 들어 있는 상자를 발견했는데 코기였으니까, 그 여자한테 줄 선물인가 싶어 열어봤는데 반지를 넣어두다니……. 어머니는 병으로 그렇게 고통받았는데, 떠나니까 바로 다른 사람하고 사귀다니, 나, 난, 이런 가게는 망해야 한다고, 아버지도 망신을 사면 좋겠다고……."

"그런데 어째서 나를 선택했어?"

오사나이가 몹시 다정한 목소리로 물었다. 코기가 손가락을 들어 나를 가리켰다.

"처음 보는 교복이라서, 이 부근 학교 사람이 아니라고 생각했어요. 이 부근을 모르는 사람이라면 시보에 깜짝 놀라 뒤를 돌아보지 않을까 싶었죠. 게다가…… 어른이면 정말 반지를 훔쳐 갈 것 같았고."

즉 나와 오사나이는 반지를 들고 달아날 것 같지 않은 손님으로 간택받았던 것이다. 안목이 높다고 해야 하나, 얕잡아 보였다고 해야 하나, 조금 고민된다.

오사나이가 한숨을 쉬었다.

"……알았어. 그건 그렇고 너도 과자를 만들어?"

갑작스러운 질문에 코기는 눈을 깜빡거렸다.

"어, 아, 네. 휴일에는 아버지한테 배워서……."

"그래. 그럼 다음에 맛보게 해줘. 그걸로 오늘 일은 잊어줄게."

오사나이는 가방에서 노트와 볼펜을 꺼내 휴대전화 번호를 적어 코기에게 건넸다. 처음 발견된 고고학 자료라도 보듯이 휘둥그런 눈으로 숫자의 나열에 시선을 빼앗긴 그녀에게 오사나이는 이어서 반지가 든 마카롱을 건넸다.

"네가 화내는 이유도 이해하지만 남을 끌어들이는 건 좋지 않아. 일단 아버지하고 진지하게 이야기해봐. 알겠어?"

코기는 몇 번이나 고개를 끄덕였다.

"네. 저…… 막아주셔서 고마워요."

"됐으니까 그만 가. 중학생한테는 늦은 시간이야."

뒤를 돌아보고 고개를 숙이고, 몇 걸음 가다가 또다시 뒤를 돌아보던 코기 코스모스는 반지가 든 마카롱을 소중하게 가슴에 품고 파티스리 코기 아넥스 루리코를 떠났다. 나는 그 뒷모습을 지켜보며 말했다.

"상당히 다정하네."

기대하던 마카롱의 시간을 방해한 코기 코스모스에게 오사나이는 아무런 제재도 가하지 않았다. 뭔가 저지르면 어떻게 막을까 이래저래 고민하고 있었는데.

"분명 저 애한테 말할 줄 알았어."

"뭘?"

울적한 질문에 대답했다.

"코기 하루오미는 저 애 어머니가 돌아가신 다음에 다사카 루리코하고 사귀기 시작한 게 아니라는 사실을."

"응……."

놀라지 않는 걸 보니 역시 오사나이도 눈치챘던 모양이다.

코기 하루오미는 일할 때도 결혼반지를 몸에서 떼지 않았다고 한다. 하지만 오사나이는 적어도 일본인 파티시에 중에서는 작업중에 반지를 끼는 사람을 본 적이 없다고 했다. 그

두 가지 사실에 쾌속 열차 안에서 들은 강의까지 더하면 한 가지 답이 보인다. ……코기 하루오미는 결혼반지를 목걸이에 거는 형태로 몸에 지니고 있었던 것이다.

하지만 지금으로부터 팔 개월 전, 올해 1월 사진에서 그 목걸이는 사라졌고 코기 하루오미는 인터뷰에서 신규 점포 이름을 파티스리 코기 아넥스 루리코로 발표했다. 유명한 가게에서 솜씨를 갈고 닦은 파티시에는 독립하는 경우도 많은 양과자 업계에서 아무리 오른팔이라 해도 일개 사원인 다사카 루리코의 이름을 가게 이름에 넣은 것은 코기 코스모스의 말대로 의미심장하다. 마치 앞으로도 쭉 다사카 루리코가 파티스리 코기에 있을 거라는 사실을 어떠한 이유로 확신한 것처럼 보인다. 코기 하루오미는 아마 이 시점에서 오래된 결혼반지를 떼어내고, 새로운 결혼반지를 준비하기로 결심했으리라.

코기 코스모스의 모친은 세상을 떠난 지 아직 반년도 지나지 않았다고 했다. 즉 그녀의 임종으로부터 적어도 두 달 전에 코기 하루오미는 '다음'을 고려한 눈치가 있다. 코기 코스모스에게는 괴로운 추론이리라.

오사나이는 느릿한 손짓으로 이미 식어빠졌을 홍차를 울적하게 입가로 가져갔다.

"고바토가 하는 말, 나도 눈치챘지만."

무겁게 한숨을 쉰다.

“저 애는 내게 못된 짓을 한 것도 아니고……. 게다가 난 연하에게는 다정해.”

나는 마른 웃음을 터뜨리며 오사나이를 따라 찻잔을 들었다. 말을 많이 해서 마른 목을 미지근한 홍차가 축여주었다.

마지막으로 한 가지, 심술일지도 모르지만 물어보고 싶은 게 있었다.

“있지, 오사나이. 코기 하루오미한테 환멸을 느꼈어?”

가녀린 손가락을 뻗어 이제야 겨우 초록색 마카롱을 집어 든다.

“설마…… 고바토도 알잖아?”

오사나이가 대망의 마카롱을 입술로 가져가며 우아한 미소를 머금었다.

“내게는 타인의 연애보다 마카롱이 흥미진진해.”

The Paris Macaron Mystery

뉴욕 치즈 케이크 수수께끼

1

나와 오사나이는 불가항력으로 발생하는 말썽으로부터 서로를 지키고 각자의 마음속 맹세를 지키기 위해 상호 감시하기로 약속했다. 하지만 그것은 학교라는 한정된 장소, 평일이라는 한정된 시간에 그런 것이고, 휴일에 학교 밖에서 오사나이와 만난다는 건 지금껏 선례가 없었다. 그래서 10월의 서늘한 금요일, 점심시간에 복도에서 나를 불러 세운 오사나이가 "이번 주 일요일에 어디 좀 같이 가줄 수 있어?"라고 물었을 때는 놀라지 않을 수 없었다.

점심시간의 복도는 동급생들이 잔뜩 돌아다니고 있다. 그중 몇 명이 우리에게 흥미로운 시선을 던졌다. 나와 오사나이가 한 팀이라는 인식, 더 나아가 교제를 하고 있다는 인식이 퍼지는 건 우리 입장에 유리하다. 문제가 심각해 비밀을 요하는 경우까지 고려해 나는 목소리를 낮추었다.

"번거로운 일이야?"

오사나이는 고개를 도리도리 저었다.

"그 정도는 아니야. 문화제에 가는데 같이 가줬으면 해서."

물론 우리가 다니는 후나도 고등학교 문화제는 아니다. 근처 고등학교에서 일요일에 문화제를 여는 곳이 있었나? 별로 관심 가는 분야가 아닌 만큼 짐작 가는 곳이 없었다.

"문화제라니, 어디?"

"레이치 중학교."

"아, 중학교구나."

어디선가 들어본 적 있는 학교 이름이다. 분명 검도인가 유도가 강했던 것 같은데. 시내 학교는 아니었던 것 같으니 이동 거리가 제법 있으리라.

"어째서 거기에 가고 싶은지 지금 물어봐도 돼?"

장소를 바꾸어 이야기를 듣는 선택지도 염두에 두고 그렇게 묻자 오사나이는 잠시 생각하더니 대뜸 말했다.

"설명하려면 길어지니까 한마디로 말하자면 파티스리가 일일 가게로 나와."

아하.

조금 마음에 걸리는 건 시외 중학교까지 케이크를 먹으러 가는 게 우리의 호혜 관계에 적합한가 하는 점이다. 단순히 디저트를 함께 먹는 것뿐이라면 거절할 수밖에 없다. 오사나이에게 핑계가 필요하고 내 존재가 거기에 도움이 되는 경우에만 우리는 일요일에 함께 케이크를 먹으러 간다.

그 점을 단도직입적으로 물었다.

"내가 가는 의미가 있어?"

"있어."

즉답이다. 그렇다면 어쩔 수 없다. 오사나이는 '혼자 가기 민망하니까'라는 이유로 나를 부르지는 않는다. 뭔가 사정이 있겠지.

"알았어. 좋아, 일요일이지? 자세한 내용은 메시지로 정할까?"

"응."

교실로 돌아가려고 걸음을 돌리는데 등 뒤에서 한마디가 더 날아왔다.

"저기, 고바토."

고개를 돌리자 오사나이는 내가 기뻐할 거라는 기대를 얼굴에 한가득 머금고 있었다.

"있지, 문화제에서는 말이야. ……뉴욕 치즈 케이크가 나와!"

미소로 답한 내 머릿속에는 피도 눈물도 없는 월스트리트의 악마들이 치즈 케이크 상장 선물거래로 격전을 벌이는 모습이 떠올랐다. 분명 그럴 리 없겠지만.

2

레이치 중학교는 나고야에 있는 학교였다. 지쿠사 구에 있는 사립 중학교로, 지도로 봤을 때 옆에 레이치 고등학교도 있었으니 그대로 진학하는 시스템일지도 모른다.

일요일, 우리는 따로따로 목적지로 향했다. 역에서 만나 같은 열차를 탔다면 나를 끌어낸 이유도 느긋하게 들을 수 있었을 텐데, 오사나이는 선물을 사야 해서 다른 경로로 간다고 했다. 교복을 입고 가는 게 나을까 고민도 했지만 오사나이가 아무 말도 하지 않았으니 민무늬 셔츠와 면바지를 골랐다. 나고야 역에서 내려 아직 입체 구조가 뚜렷하게 머릿속에 들어오지 않는 지하를 헤매다가 겨우 지하철로 환승했다.

내려야 할 역에서 지상으로 나가자 밖에는 기분 좋은 가을 바람이 불고 있었다. 지하철 출구 정면에 게시판이 있고 시민 포럼, 벼룩시장 안내와 함께 레이치 중학교 문화제 포스터가 붙어 있었다. 중앙에 만화 캐릭터가 큼직하게 그려져 있고 "레이치 중학교 문화제"라는 타이틀은 글자마다 색이 달랐다. 한마디로 상당히 화려한 포스터였다. "날아오르자, 그리고 그 너머로!"라는 그럴싸한 슬로건도 적혀 있다.

지하철역에서 이어지는 길은 기억이 가물가물했지만 문화제에는 나름대로 사람들이 모이는지, 인파를 따라가면 길을 잃지 않을 것 같다. 이윽고 주택가로 접어들자 빛바랜 벽돌색 담이 늘어섰다. 담 안쪽에는 푸른 울타리가 있어 시야를 철저하게 차단했다. 아무래도 여기가 레이치 중학교인 모양이다. 그렇지 않다면 대부호의 저택임이 틀림없다.

금세 교문이 보였다. 웅장한 철문이 활짝 열려 있고, 그 안쪽에는 요란하게 만든 환영문이 설치되어 있었다. 제17회라는데, 개교한 지 십칠 년이라면 의외로 역사가 짧은 학교일지도 모른다. 그렇게 생각하면서 바라보니 하얀 학교 건물의 무기질적인 디자인도 어딘가 현대적으로 느껴졌다.

교문으로 들어가니 오른편에 우리가 다니는 후나도 고등학교의 것보다 한참 작은 운동장이 있었다. 그 한복판에서 우물 정井 자로 쌓은 통나무가 활활 타오르고 있었다. 한 변이 1.5

미터 정도일까, 모닥불이라고 부르기에는 조금 크지만 불똥이 튈 정도로 크지는 않다. 캠프파이어 같았지만 문화제는 캠핑이 아니니 다른 호칭이 있겠지. 단결의 불이라거나, 한마음 불꽃이라거나.

하얀 학교 건물에는 "레이치 중학교 문화제에 오신 것을 환영합니다"라고 적힌 현수막 외에 "핸드볼부 도카이 대회 출전", "수영부 전국대회 출전", "유도부 가을 대회 출전"이라고 적힌 것도 걸려 있었다. 내가 졸업한 중학교에서 동아리가 전국대회에 나갔다는 이야기는 들은 적이 없다. 아무래도 스포츠로 제법 유명한 학교인 것 같다.

그건 그렇고 오사나이와는 교문 근처에서 오후 2시에 만나기로 했다. 이 분 후면 2시니 먼저 와 있을 법도 한데…….
휴일 개최인 만큼 교내에는 학생이 아닌 사람들의 모습도 눈에 많이 띄었다. 중학생으로는 보이지 않는 어린아이도 많고 이따금 환성도 들렸다.

오사나이의 은신술은 제법 뛰어나지만 내 관찰력도 썩 괜찮은 편이다. 환영문 그늘에 숨은 스니커 발끝이 살짝 보였다. 보아하니 신발 사이즈도 작아 보이고, 마치 숨어서 누군가를 기다리는 것처럼 아까부터 꼼짝도 하지 않는다. 원숭이도 나무에서 떨어진다더니, 어설픈 숨바꼭질이라고 생각하며 천천히 환영문으로 다가가 단숨에 문 뒤쪽을 들여다보았다.

"기다렸지, 오사나이!"

거기에는 낯선 소녀의 겁먹은 얼굴이 있었다.

"어, 누구, 세요?"

수상한 사람은 아닙니다, 라고 말하려는데 목이 잠겨버렸다. 소녀가 얼어붙은 표정으로 당장이라도 비명을 지를 것처럼 보인 그 순간.

"……뭐 하고 있어, 고바토?"

계절보다 한발 먼저 겨울의 냉기를 두른 목소리가 뒤에서 들려왔다. 고개를 돌리자 칼라가 둥그스름한 하얀색 블라우스에 탁한 오렌지색 카디건을 입고 보스턴백을 작게 축소한 듯한 가방을 든 오사나이가 미심쩍은 눈으로 우뚝 서 있었다.

"아니, 이건……."

설명하려는 나를 무시하고 오사나이는 소녀 앞에 몸을 숙였다.

"괜찮아. 이 오빠, 사람 마음은 잘 모르지만 엄청 나쁜 사람은 아니니까."

짓궂은 소개인데다 그건 서로 마찬가지다. 그 말을 듣고 안심해도 되는 건지 이 아이도 당혹스러워하고 있잖아. 아아, 말없이 달려가버렸다. 그 뒷모습을 바라보며 오사나이가 천천히 일어섰다.

"고바토. 어린아이를 놀라게 하는 건 좋지 않아."

"그럴 의도는 없었어……. 그보다 처음부터 보고 있었지?"

"뭘?"

고개를 갸웃거리며 진심으로 모르겠다는 표정을 짓고 있다.

아무래도 오사나이는 정말 아무것도 보지 못한 모양이다……. 그렇게 내가 아닌 다른 사람이었다면 속아 넘어갈, 실로 완벽한 시치미였다.

거기서부터는 오사나이의 안내를 따랐다.

손님들의 신발을 둘 장소도, 손님들에게 나눠줄 정도의 슬리퍼도 없는지 학교 건물에는 신발을 신은 채로 들어가는 것 같았다. 현관에 큼직한 매트가 깔려 있고 "여기에서 먼지를 털어주세요"라는 종이가 붙어 있다. 설명이 부족하다. 옷의 먼지를 손으로 털어보았지만 오사나이가 아무 반응도 보이지 않아 얌전히 신발 밑창을 매트에 문질렀다.

캐릭터와 화려한 글자가 잔뜩 들어간 포스터가 복도를 뒤덮었고, 안내 표시는 모든 방향에 불만한 게 있다고 호소하고 있다. 실내화를 신은 레이치 중학교 학생들도, 신발을 신은 손님들도 대부분 웃는 얼굴이다. 복도에 놓인 책상 위에 전단지가 쌓여 있어 하나씩 집었다.

오사나이는 전단지에 적힌 교내 지도를 뚫어져라 보더니 아무 말 없이 성큼성큼 걸음을 뗐다. 어디로 가는지 듣지 못한 나는 그저 그 뒤를 따라갈 뿐이다. 모퉁이를 두 번 꺾고 연결 복도를 지나자 이윽고 열정적인 호객 소리가 들렸다.

초록빛이 감도는 남색 세일러 교복을 입은 여학생이 하얀 앞치마와 두건을 두르고 머리 위로 손을 흔들며 손님들을 끌고 있었다.

"제과 동호회예요! 카페를 하고 있어요, 놀러 오세요!"

직관적인 이름의 동아리다.

나도 오사나이도 과외 활동과는 거리를 두고 있다. 각자 취미를 가지고 있지만 학교 동아리에 들지 않았기 때문에 이런 에너지에는 익숙하지 않다. 예상대로 이곳이 오사나이의 목적지였는지, 성큼성큼 교실 안으로 들어가기에 나도 손님들을 부르는 소녀들에게 살짝 고개를 숙이고 뒤를 따랐다.

"……와."

내부는 심호흡을 하고 싶을 정도로 달콤한 향기가 가득했다. 가정 실습실인지 쭉 늘어선 조리대에 식탁 매트를 깔아 테이블 대용으로 쓰고 있다. 마침 출출할 시간이라 손님들로 북적거리는 교실 안을 앞치마와 두건을 두른 학생들이 활기차게 돌아다니고 있었다.

그중 한 명이 우리를 보고 환하게 웃었다.

"앗! 유키 선배, 정말로 와주셨군요!"

하얀 두건 밑으로 삐져나온 갈색으로 염색한 곱슬머리, 또랑또랑한 두 눈동자 밑에는 주근깨가 흩어져 있다. 전에 봤을 때는 이 세상의 종말을 맞이한 것 같은 표정을 짓고 있었는데, 오늘은 정반대로 폴짝폴짝 뛰어오를 정도로 기운이 넘친다. 유명 파티시에로 명성이 자자한 코기 하루오미의 딸, 코기 코스모스. 요전에 어쩌다 알게 되었는데 그후로도 오사나이와 교류하고 있을 줄은 몰랐다.

"유키 선배……."

무심코 중얼거리자 오사나이가 나를 힐끔 올려다보았다.

"문제 있어?"

그렇지는…….

코기의 시선은 오사나이에게 똑바로 꽂힌 채로 조금도 흔들리지 않았다. 그것은 오사나이의 옆에 서서 오사나이와 대화하고 있는 내 쪽에는 눈길도 주지 않는다는 뜻이기도 하다.

"얘기한 대로 고바토도 데려왔어."

"안녕. 오랜만이야."

그렇게 인사해도 역시 코기는 나를 쳐다보지 않았다.

"전혀 상관없어요!"

계속 웃으면서 그렇게 말할 뿐이었다. 이쯤 되니 일종의 고집까지 느껴졌다.

"바빠?"

"덕분에 그럭저럭 붐벼요. 하지만 자리는 비어 있으니 여기 앉으세요."

안내받은 곳은 운동장이 잘 보이는 창가 자리였다. 앞치마를 두른 코기가 물이 든 종이컵을 가져왔는데, 그것을 책상에 내려놓을 때도 역시 오사나이만 바라보며 내 쪽은 쳐다보지도 않아서 쏟지나 않을까 조마조마했다.

"유키 선배는 그거죠?"

오사나이는 고개를 끄덕였다.

"응. 뉴욕 치즈 케이크. 두 개."

"홍차도 드실 거예요?"

"응. 두 잔."

개수를 반복하는 이유는, 그렇게 못을 박지 않으면 코기가 내 몫을 가져오지 않을지도 모르니까. 코기는 "알겠습니다!" 하며 끄덕이고 같은 앞치마 친구들이 모여 있는 구석으로 갔다. 그 뒷모습을 보며 나는 시끌벅적한 카페의 소음을 기회 삼아 물었다.

"……코기를 만나러 온 거구나."

오사나이는 종이컵을 감싼 두 손을 살짝 눌렀다 폈다 하며 수면에 생기는 물결을 바라보고 있다.

"문화제에서 케이크를 만드니 와달라고 해서. 설명할 기회가 없었어, 미안."

"날 부른 건 코기하고 둘이서 이야기하기 싫어서?"

"대충 맞지만 조금 틀려."

오사나이는 서서 일하는 코기를 쳐다보았다.

"마카롱 사건 이후로 코기하고 친해졌어. 동경하는 파티시에의 딸이지만 그것과는 별개로 굉장히 착한 애야. 아버지하고는 복잡한 관계인 것 같지만 본인도 파티시에가 되고 싶대. 쿠키를 구워줬는데, 그게 제법 맛있었어. 열심히 하라고 했지."

"응."

"코기도 어째선지 나를 잘 따라. 디저트의 스승이라며 유난스럽게. 밤에는 전화를 하거나 휴일에 놀러 오기도 해. 비장의 가게도 몇 군데 소개해줬어. 고바토한테는 아직 '벚꽃 암자'는 안 알려줬지?"

"응."

"언젠가 데려가줄게. 그래서 코기 말인데, 문화제에서 동아리 아이들과 뉴욕 치즈 케이크를 만든다는 거야. 동아리 친구들은 프로를 꿈꾸는 게 아니라는 걸 알지만 역시 가끔은 의식의 차이가 속상하다고 불평한 적도 있어. 유키 선배라고 부르면서 요즘은 평일 방과 후에도 열차를 타고 만나러 올 정도야. 그래서……."

아아, 상당히 사랑받고 있구나.

아까 오사나이에게 사람의 마음이 어쩌니저쩌니 심한 말을 들었지만, 생각할 재료가 있다면 추측하기란 어렵지 않다. 즉 일요일에 나를 끌어낸 이유는.

"오사나이에게는 오사나이의 세계가 있다는 걸 전하고 싶었구나."

코기가 싫다는 건 아니지만 코기 한 사람만 친구인 것도 아니고 '사귀는' 상대도 있다. 코기 한 사람하고만 깊이 어울릴 생각은 없다……. 그런 뜻을 은근하게 전하기 위해 오사나이는 나를 데려온 것이다.

그제야 겨우 이해가 갔다. 오사나이가 그저 단순히 나와 일요일의 케이크를 즐기고 싶어 할 리는 없지만 대체 무슨 꿍꿍이인지 꽤나 고민했으니. 그런 사정이라면 확실히 이건 호혜 관계의 일환이라 할 수 있다. 마음껏 도와주고 언젠가 돌려받기로 하자.

케이크와 홍차를 얹은 플라스틱 쟁반을 들고 코기가 웃으며 다가왔다.

"오래 기다리셨죠. 뉴욕 치즈 케이크와 홍차 세트입니다!"

오사나이의 홍차에는 이미 우유가 들어 있었다. 취향을 파악하고 있다는 주장이겠지만 아마도 역효과라는 점까지 포함해 애처로울 정도다. 나를 유독 무시하는 건 오사나이에 대한 독점욕의 발로이리라.

케이크는 새하얀 부채꼴 모양이었다. 나는 평소 달콤한 음식을 별로 즐기지 않지만 그래도 치즈 케이크 정도는 익숙하다. 눈앞의 케이크를 지그시 쳐다보다가 누구에게랄 것 없이 중얼거렸다.

"이건 레어 치즈 케이크 아니야?"

"아니야."

포크를 손에 든 오사나이의 눈빛이 매처럼 매서웠다.

"아니구나. 어떻게 달라?"

"그건 말이지."

오사나이가 입을 열다가 코기를 힐끔 쳐다보았다.

"……직원이 설명해줄 거야."

화제에 끌려 나온 코기는 노골적으로 당황했다. 이제야 비로소 존재를 알아차렸다는 듯이 나를 보더니 구원을 청하는 눈빛으로 오사나이를 바라보았지만 오사나이가 가만히 잠자코 있자 체념한 듯 웅얼거렸다.

"레어 치즈 케이크는 직접 가열하지 않습니다. 뉴욕 치즈 케이크는 워터배스로 구워요."

"워터배스?"

또 오사나이를 힐끔거린다. '이 사람한테는 어디서부터 설명해야 하나?'라고 묻고 싶은 눈치다. 오사나이는 한숨을 쉬며 포크를 내려놓았다.

"케이크 재료를 틀에 넣습니다."

"응."

"그 틀을 물을 담은 바트…… 속이 깊은 스테인리스 접시에 담아 오븐으로 굽는 게 워터배스. 촉촉하게 구워지는 게 특징이야."

알 것 같으면서도 확실하게 감은 오지 않는다. 그렇게 굽는 의미가 있는 걸까?

"얼마나 촉촉한지는 먹어보고 확인하세요."

그런 오사나이의 말에 코기가 당황했다.

"아, 저기, 물론 열심히 만들었지만 유키 선배가 만족할 정도로 촉촉한지는…….”

오사나이가 다시 포크를 손에 들고 미소를 지었다.

“괜찮아. 기대돼.”

코기가 쟁반을 가슴에 품고 얼굴을 붉혔다.

“전 일하러 갈게요!”

가버렸다. 새로운 용어를 가르쳐준 은혜는 그렇다 치고, 나는 비난 어린 눈초리로 오사나이를 쳐다보았다.

“가엾게도, 그렇게 압박할 건 없잖아.”

“기대하고 있었는걸.”

전혀 개의치 않는 기색이다.

어쨌거나 눈앞에는 홍차와 케이크가 있고 오사나이는 애타게 기다리고 있다. 나도 포크를 들었다. 잘 먹겠습니다.

새하얀 케이크에 포크를 꽂는 순간부터 달랐다. 상상했던 것보다 훨씬 단단하다……. 아니, 단단하다기보다 탄력이 있다. 튕겨 나올 정도는 아니지만 어라 싶을 정도의 반응을 즐기며 천천히 케이크를 잘랐다. 작게 잘라낸 삼각기둥을 입에 넣었다.

……와!

오사나이도 코기도 ‘촉촉’하다고 표현했지만 내 어감으로 이것은 ‘쫀득’이다. 단맛은 비교적 약한데 식감이 놀라울 정도로 차분해서 감칠맛의 밀도가 높은 느낌이다. 이거 재미있다, 맛있다.

고개를 들자 내 감상은 아랑곳없이 오사나이는 자기 케이크를 즐기고 있다. 포크가 오르내릴 때마다 오사나이는 행복에 빠진 듯 미소를 지었다. 저 정도로 뭔가를 즐길 수 있다니 부럽기도 하고, 저 얼굴을 보면 케이크를 만드는 쪽도 기쁠 테니 코기가 괜히 눈치를 봐서 자리를 떠난 게 안타까울 정도다.

그렇게 생각하는 한편으로 조금 이상하기도 했다. 나는 뉴욕 치즈 케이크라는 것을 처음 먹어보니 신선해서 놀랄 만도 하지만 오사나이에게 그런 경이로움은 없을 텐데.

"있지, 오사나이."

벌써 얼마 남지 않은 뉴욕 치즈 케이크를 조금 서글픈 눈빛으로 바라보는 오사나이에게 물었다.

"깜짝 놀랐어, 맛있어서. 이건 네 기준으로 봐도 역시 잘 만든 거야?"

오사나이는 고개를 갸웃거렸다.

"이게 맛있냐고? 응, 맛있는데."

"다른 곳보다도?"

중학교 문화제에서 나온 치즈 케이크가 오사나이를 충분히 만족시켰다는 게 이해가 가지 않았다. 동서양을 막론하고 달콤한 디저트를 즐기며 제 발로 맛있는 가게를 찾아다니고, 정보 수집도 게을리하지 않는 오사나이이다. 주머니 사정도 있을 테니 세계 최고의 맛까지 섭렵했을 거라고 생각하지는 않지만 상당한 고급 디저트를 맛보고 있을 게 분명하다. 그런 고급 디저트를 아는데도 이 뉴욕 치즈 케이크는 맛있을까?

질문에 담은 그런 의도를 오사나이는 정확히 파악했다. 포크를 내려놓고 은근히 자세를 가다듬더니 입을 열었다.

"고바토. 그런 게 아니야. 훌륭한 파티스리와 제과 동호회를 함께 비교하는 건 시시한 일이야. 백 엔짜리 초콜릿을 먹으면서 고디바가 맛있다고 생각하는 건 우스꽝스럽잖아."

"그런가……."

"그래."

말끝에 힘이 실렸다.

"파티스리는 파티스리에 어울리게, 홈메이드는 홈메이드답게, 주전부리 과자는 주전부리로 훌륭하다면 그걸로 족한 거야. 언제나 최고의 디저트를 원하는 건 구도자 같아서 멋져 보일지도 모르지만 실제로는 뭘 먹어도 '거기에 비하면'이라고 말하는 속물에 지나지 않아."

"그럼 뭘 먹어도 행복하다는 뜻이야?"

"설마. 맛없는 건 안 돼. 대충 만든 건 더 안 돼. 그건 멋지지 않은걸. ……굳이 속물처럼 말하자면 물론 이건 최고는 아니야. 하지만 맛있고 정성 들여 만들었으며, 무엇보다 나는 지금 즐거워."

오사나이는 치즈 케이크를 한 입 더 삼키고 생긋 웃었다.

"그런 거야, 고바토."

3

케이크의 여운을 음미하며 홍차를 마시는데 코기가 앞치마와 두건을 벗고 다가왔다. 조금 불안한 표정이다.

"저, 어땠어요?"

오사나이가 생긋 웃으며 대답했다.

"굉장히 맛있었어."

"다행이다……!"

코기는 가슴을 쓸어내리며 크게 한숨을 토하더니 여전히 내 쪽은 쳐다보지도 않고 오사나이에게 얼굴을 들이밀었다.

"서빙 교대했어요. 이제부터 문화제를 보러 갈 건데 유키 선배도 같이 갈래요?"

오사나이가 내게 힐끗 눈짓을 했다. 이건 미묘한 신호다.

코기와 적절한 거리를 유지하고 싶다는 오사나이의 목적을 고려할 때 나는 이 두 사람과 동행해야 할까?

잠시 고민한 나는 자리에서 일어섰다.

"그럼 나는 적당히 둘러볼게. 나중에 다시 메시지 보낼게."

내가 카페에 따라온 것만으로도 오사나이의 목적은 달성되었을 것이다. 그렇다면 계속 함께 행동할 필요는 없겠지. 보아하니 오사나이도 같은 생각이었는지 나를 향해 살짝 끄덕거렸다.

오사나이를 남겨두고 자리에서 일어나 찻값을 내고 가정 실습실에서 나왔다. 호객하는 아이는 이미 없었다. 코기 대신 플로어를 맡았는지도 모른다.

이제 그만 돌아가도 되지만 모처럼 왔으니 잠깐 놀다 가는 게 소시민적인 행동이리라. 현관 근처에서 받은 전단지를 펼쳤다.

"아이쿠."

사이에 끼여 있던 작은 종이가 복도에 팔랑팔랑 떨어졌다. 주워 드니 그 종이에는 이렇게 적혀 있었다.

유도부 공개 연습 시합은 중지되었습니다. 문화제 실행위원회

전단지를 보니 분명 그런 행사가 적혀 있다. 중지된 이유는 모르겠지만 애초에 문화제 행사로 연습 시합은 기묘하다는 사실을 누군가 직전에 알아차렸는지도 모른다.

체육관 무대에서 〈이누가미 일족〉을 연기하는 학급이 있어 궁금했지만 아쉽게도 이미 상연이 끝나버렸다. 지금은 3시를 앞두고 있었는데 문화제 자체가 4시에 끝나고 뒤풀이가 시작되므로 대개의 행사가 끝나버린 것이다.

컴퓨터부가 '패미컴 재현'이라는 행사를 한다는데, 말로만 들었지 본 적이 없어 패미컴이 대체 뭔지 궁금했다. 한편 4층에서는 교실 하나 전체를 입체 미로로 꾸몄다는데, 미로 돌파 정도는 더이상 영리한 수수께끼 풀이는 하지 않겠다는 오사나이와의 약속에 반하지 않을 테고, 실력을 시험해보고 싶기도 하다. 패미컴 재현이냐, 입체 미로냐, 결정적인 한 방이 없어 고민되니 여기서는 동전을 던지기로 했다. 십 엔짜리 동전을 던져 윗면이 나오면 패미컴, 뒷면이 나오면 미로다.

챙, 하는 맑은 소리와 함께 십 엔 동전이 허공을 춤추었다. 그것을 공중에서…… 받으려고 했는데 요란하게 헛손질을 하는 바람에 동전이 복도를 굴러갔다. 당황하며 뒤를 쫓았다. 벽에 부딪쳐 쓰러진 십 엔은 뒷면을 드러내고 있었다. 미로로 가자.

4층까지 계단을 올랐다. 계단 단면에도 "유령의 집 1-B"라거나 "이상한 나라의 앨리스 2-D"와 같은 안내가 붙어 있다. 계단참마다 있는 게시판은 말할 것도 없이 백화요란이다. 나는 중학교 때 이런 행사에는 관여하지 않았다. 별로 관심이 없었던 한편으로 그런 무관심이 겉으로 드러났던 탓인지 불러주는 사람도 없었고, 반에서 할당된 일을 하는 정도였다.

3층까지 올라갔을 때였다.

"풍선 받으세요!"

뜬금없이 눈앞에 풍선이 튀어나왔다. 받을까 싶었지만 미로에 가는 길인데 손에 뭘 들고 있으면 불편하니 사양했다.

"여기요, 할인권입니다!"

4층에서는 손으로 적은 티켓을 받았다. 1학년 C반에서 카페를 한다는데 공교롭게도 간식은 이미 먹었다. 이렇게 급히 만든 듯한 할인권을 나눠주는 것을 보니 아무래도 매상이 목표에 미치지 못한 모양이지만 유감스럽게도 도움은 되지 못하겠다.

레이치 중학교 교실은 복도 쪽 벽에도 창문이 있다. 미로가 있는 교실은 창문을 전부 암막으로 가려놓았다. 이거 제법 본격적이다. 입구 근처에서 머리띠를 두르고 한가로이 벽에 기대어 있는 남학생에게 다가갔다.

"아직 들어갈 수 있나요?"

영업시간을 모르는 가게에 들어가는 손님처럼 묻고 말았다. 남학생은 허리를 쭉 펴더니 안도한 표정을 지었다.

"물론이죠! 하시겠어요?"

고개를 끄덕거리자 작은 회중전등을 건네주었다.

"안쪽은 어두우니까 필요하면 쓰세요. 처음 한 번은 기록에 도전할 수 있는데 하시겠어요?"

"어쩌지. 어떻게 만들었는지 천천히 구경하고 싶기도 한데."

"구경은 두 번째에 하실 수도 있습니다."

"그럼 그럴까. 시작은 안에 들어간 순간부터인가요?"

"그렇습니다. 그럼……."

남학생이 스톱워치를 꺼냈다. 나는 교실 문을 붙잡았다.

"시작!"

입체 미로는 제법 재미있었다. 상자로 벽을 만들고 책상과 의자로 지탱해놓았는데 좁고 어두운 통로를 헤매는 것만으로도 꽤나 즐거웠다.

내가 미로를 돌파한 시간은 약간 빠른 축이긴 했지만 순위를 다툴 정도는 아니었던 모양이다. 분하긴 하지만 어쩔 수 없다. 평면이라면 몰라도 처음 들어가는 입체 미로를 빠르게 풀기에는 운이라는 요소가 너무 크다. 세 번 기록해서 가장 빠른 시간을 채택하는 방식이 제일 재미있을지도 모른다. 관리가 힘들 것 같지만.

"고맙습니다."

적당히 만족하고 미로를 뒤로했다. 시각은 3시가 가까워 슬슬 여기저기서 정리를 시작하는 것 같았다. 문화제를 구경하는 데 2시 집합은 늦다. 충분히 즐기기에는 시간이 너무 부족하다……. 하지만 오사나이는 아마 이것도 계산했으리라. 너무 일찍 오면 코기와 반나절 내내 함께 행동하게 될지도 모르니 2시라는 시간을 선택했으리라.

복도 창문으로 운동장을 굽어보았다. 한복판에서 캠프파이어가 시뻘겋게 불타오르고 있다. 불 주위에 점점이 붉은색으로 보이는 것은 아마 소방용 물이 든 양동이일 것이다. 꽃을 심은 화분 네 개가 캠프파이어를 감싸고 있었다.

문화제가 끝나고 뒤풀이에서 불을 에워싸는 학교가 있다는 말은 들은 적이 있지만 실제로 하는 곳은 처음 본다. 아마 이래저래 관리 문제 때문이겠지만 불이 번질 위험이 적은 운동장 한복판이라고는 해도 당당히 불을 태우다니 역시 사립학교랄까. 조금 부럽기도 하다.

여학생 두 명이 불 쪽으로 다가가고 있었다. 한 명은 세일러복이고 한 명은 사복이었는데 사복 차림 쪽이 풍선을 두 개 들고 있었다. 분명 아까 풍선을 나누어주고는 있었지만 혼자서 두 개라니 욕심꾸러기다.

아니, 저건 오사나이인가?

그렇다면 옆에 있는 사람은 코기이리라. 어째서 둘이서 캠프파이어에 다가가는지 모르겠지만 코기가 오사나이에게 가까이서 보여주고 싶다고 말했을지도 모른다. 무심히 지켜보는데 두 사람은 불 근처에서 멈춰 서더니 손을 앞으로 뻗었다. 가을의 해 질 녘, 쌀쌀한 바람이 불기는 하지만 모닥불로 몸을 데울 만큼은 아니다. 뭔가 기묘한 광경이었다.

두 사람은 뭘 하는 걸까……. 그렇게 생각한 순간이었다.

운동장 구석에서 누군가 튀어나왔다. 교복을 입고 있다. 그렇다면 이곳 남학생일까? 빠르다. 힘껏 달리고 있는 것이다. 더군다나 그 상태로 때때로 뒤를 돌아보고 있다.

그런 의문도 한순간이었다. 남학생은 운동장 중앙을 향해 달려가고 있었고 그 방향에는 오사나이와 코기가 있다. 저 속도로 보건대 어쩌면 남학생은 저 두 사람을 보지 못했을지도 모른다.

주머니에 손을 넣고 휴대전화를 꺼냈지만 지금 전화를 걸어봤자 늦을 것 같다. 두 사람은 달려오는 남학생을 알아차리지도 못하고 있고 남학생은 자꾸 뒤만 힐끔거리고 있다. 창문을 열고 운동장에 있는 두 사람에게 경고하려 했지만 자물쇠가 잠겨 있어 여는 데 애를 먹었다.

충돌하기 직전, 서로가 서로의 존재를 눈치챈 것 같았다. 코기로 추정되는 세일러복 여학생은 그 자리에서 얼어붙었지만 오사나이로 추정되는 오렌지색 카디건을 입은 쪽은 뒤로 물러났다. 남학생도 눈앞의 두 사람을 알아보고 코스를 바꾸었다. 결과적으로는 그게 문제였다.

그 직후 사복 여학생은 튕겨 나갔고, 남학생은 앞으로 쓰러져 운동장에 데굴데굴 굴렀다. 여기에서 봐도 남학생의 덩치가 상당히 큰 것을 알 수 있었다. 저기에 부딪히면 위험하다. 나는 몸을 돌려 계단으로 달려갔다.

바라는 건 오직 하나. 오사나이, 제발 무사해줘.

어쨌거나 오사나이가 다치기라도 하면 내가 데리고 돌아가야 하니까……!

4

처음 온 건물이라 헤매는 바람에 운동장으로 나가기까지 몇 분이 걸렸다.

학생 몇 명이 캠프파이어를 멀찍이 에워싸고 있었고 교사로 보이는 어른은 없었다. 군중 속에서 망연히 우뚝 서 있는 것은 코기였다. 손에 뭔가 붉은 것이 꽂힌 꼬치를 들고 있다. 오사나이는 없었다.

역시 다쳐서 양호실로 실려 간 걸까? 코기가 나를 좋게 생각하지 않는다는 것을, 보다 정확히는 오사나이를 독점하는 데 방해되는 장애물로만 본다는 사실은 알고 있지만 사정을 아는 사람은 그녀뿐이다. 달려가서 물었다.

"큰일 날 뻔했네. 오사나이는 어떻게 됐어?"

코기는 내 얼굴을 뚫어져라 보았다. 아까 카페에서는 눈도 마주치지 않았으니 오늘 처음 만난 기분이다. 또랑또랑한 눈은 울음을 억지로 참는 것처럼 새빨갰다.

"……괜찮아?"

"앗, 네."

퍼뜩 정신이 들었는지 코기는 표정을 가다듬었다. 주위를 둘러보더니 목소리를 낮추어 말했다.

"선배는…… 끌려갔어요."

"끌려가다니, 누구한테? 어디로?"

"어딘지는 모르겠어요. 데려간 사람은…… 저희 학교 학생인 것 같은데……."

그러더니 코기는 갑자기 거칠게 외쳤다.

"유키 선배, 납치당했어요!"

"엇, 또?"

"네?"

아차.

경솔한 발언에 대한 설명을 요구하는 코기를 간신히 진정시키고 과거보다 현재에 시선을 돌리도록 역설했다. 코기는 그냥 넘어가지 못하겠다는 눈치였지만 지금은 오사나이를 구하는 게 먼저라는 내 주장에는 동의하는지 결국에는 의문을 뒤로 미루었다.

"그래서 무슨 일이 있었던 거야? 차분히 설명해봐."

오사나이와 남학생이 충돌하는 것까지는 보았지만 근처에 있던 코기에게 처음부터 설명을 듣는 게 낫다. 충돌 장면을 보고 있었다는 말은 하지 않고 이야기를 재촉했다.

"지금 설명하고 있을 때예요? 유키 선배를 구해야죠!"

"그건 물론 그렇지만…… 어디로 끌려갔는지도 모르는데, 적어도 무슨 일이 일어났는지는 알아야 방법을 찾지."

속 편한 소리를 한다고 투덜거리고는 있지만 달리 할 수 있는 일이 없다는 것을 깨달았는지 코기는 마지못해 설명하기 시작했다.

"카페에서 나와 유키 선배하고 문화제를 둘러보기로 했어요. 풍선을 받고 사진부에 갔다가 앨리스 전시를 보고…….
그런 다음 유키 선배가 선물 주는 걸 깜빡했다면서 예쁜 종이 상자를 줬어요."

그러고 보니 선물을 산다고 했지.

"기뻤어요. 얼른 열어봤더니 색색의 투명한 보석 같은, 처음 보는 마시멜로였어요. 제가 마시멜로는 불에 구워 먹기도 하지 않느냐고 말했더니 유키 선배가 창밖을 보고는 그럼 그러자고 했어요."

그러자니, 설마.

"이 불로 마시멜로를 구우려고 했어? 둘이서?"

어쩐지 뻣뻣한 수긍이 돌아왔다. 달콤한 디저트를 대하는 오사나이의 태도에 타협이 없다는 사실은 잘 알고 있지만 눈앞의 코기도 상당한 강자다.

캠프파이어는 가까이서 봐도 그리 크지 않았다. 우물 정 자로 쌓은 통나무의 높이는 기껏해야 내 허리춤 정도로, 불도 활활 타오르고 있지 않았다. 뭐, 가까이서 마시멜로를 굽기에 위험하지는 않았겠지만……. 캠프파이어를 에워싼 화분은 그 이상 다가가지 말라는 표시 대용이었을 텐데, 그건 시원하게 무시한 모양이다.

코기가 손에 든 꼬치에 달린 붉은 물체가 바로 그 먹을 타이밍을 놓친 마시멜로이리라. 일단 먹으라고 권하자 코기는 조금 서글픈 표정으로 마시멜로를 바라보더니 꿀꺽 삼키고 중얼거렸다. "맛있어."

아무튼 그것으로 두 사람이 운동장 한복판에 나간 이유는 알았다.

"문화제 행사로 전통 찻집을 여는 반에 가서 경단용 꼬치를 받은 다음 운동장으로 나왔어요. 맛있는 가게 정보를 교환

하면서 본파이어 옆으로 가서 꼬치에 마시멜로를 꽂았어요."

캠핑이 아니니 캠프파이어라는 이름은 아닐지도 모른다고 생각했지만 역시 다른 호칭이 있었나.

"막 구우려는데 누가 달려오는 발소리가 들렸고 유키 선배가 위험하다고 알려줬어요. 뒤를 돌아보니 저희 교복을 입은 남학생이 뒤를 보면서 달려오고 있었는데, 저는 얼어붙어서…… 순식간이라 기억이 잘 안 나요."

충돌 순간은 내가 보고 있었다. 오사나이는 달려오는 남학생을 피하려 했지만 남학생도 두 사람을 피하려 하는 바람에 부딪치고 말았다.

"정신을 차렸을 때 유키 선배는 튕겨 나갔지만 그래도 넘어지지는 않았어요. 바닥에 손을 짚고 한 바퀴 돌아서 넘어지지 않고 버틴 것 같았는데."

"어, 오사나이가 낙법을 썼다는 말이야?"

코기는 갸웃거렸다.

"글쎄요. 잘 모르겠어요."

뭐, 어쨌거나 크게 다치진 않았다는 사실은 알았다.

"다만 넘어질 뻔할 때 가방 덮개가 열려서 내용물이 튀어나왔어요. 마시멜로도 운동장에 쏟아졌고요."

그건…… 오사나이의 심경은 충분히 헤아리고도 남는다.

한편으로는 지금 이야기의 흐름을 재현해보면 마음에 걸리는 점도 있다.

"마시멜로는 오사나이가 가지고 있었어? 너한테 주는 선물인데?"

"네."

그렇게 대답한 코기가 생각에 잠겼다.

"하지만 왜 그랬지……. 꼬치를 받을 때 들어달라고 했다가 그대로 잊었던 것 같아요."

"마시멜로 상자는 어떤 거야?"

코기는 자기 몸통 폭으로 팔을 벌렸다.

"이 정도 크기에 둥글고 편평한데 과일이 잔뜩 그려진 종이 상자로…… 그게 중요한가요?"

"아니, 꼬치를 받을 때 방해가 될 정도로 컸는지 궁금했을 뿐이야."

다급하게 물을 내용은 아니라고 생각했는지 코기는 불만스러운 표정을 지었지만 말로 표현하지는 않았다.

"그리고 무슨 일이 있었어?"

"부딪친 남학생은 요란하게 넘어졌는데, 벌떡 일어나서 큰 소리로 미안하다면서 유키 선배하고 함께 떨어진 물건을 줍기 시작했어요. 저도 도우려고 했는데 학교 건물 쪽에서 시끄러운 소리가 들려서 돌아봤더니 남학생 세 명이 이쪽으로 달려오고 있었어요."

고개를 끄덕거려 뒷말을 재근했다.

"유키 선배에게 부딪친 남학생은 그 세 사람을 보더니 다시 달아났는데 부딪쳤을 때 어디를 다쳤는지 한쪽 발을 끌고 있었어요. 얼마 못 가서 붙잡혔는데, 나중에 온 세 사람이 갑자기 때리고 걷어차는 거예요. 유키 선배도 걱정스러웠지만 눈앞에서 그런 일이 벌어지니 깜짝 놀라서 당신들 뭐야, 하고 소리쳤어요."

"네가?"

"당연하잖아요."

돌발적인 폭력 사태가 벌어졌을 때 그것을 비난하는 목소리를 낼 수 있는 사람이 얼마나 될까? 솔직히 말하면 나도 별로 자신이 없다. 그런데 코기는 다짜고짜 따졌다고 한다. 자기 학교 안에서 벌어진 일이라는 안심도 조금은 있었을지 모르지만, 재미있다.

"뭘 웃고 있어요?"

"아니…… 미안, 아무것도 아니야. 음, 설명 도중에 미안한데 그 남학생들이 누군지는 모르는 거지?"

별로 자신 없는 기색이기는 했지만 코기는 끄덕거렸다.

"아마 후배들일 거예요. 처음에 부딪친 애는 1학년이고, 이어서 달려온 세 사람은 2학년."

"왜 그렇게 생각했어?"

"유키 선배에게 부딪친 아이가 맞을 때 '잘못했습니다', '용서해주세요'라고 말했고, 때린 세 사람은 '너, 후배라는 자각이 없냐?'라고 말했으니 학년이 다를 거예요. 그리고 때린 쪽이 3학년이라면 제가 얼굴 정도는 봤을 테니 2학년이려니 하는 거죠."

오호라. 확실한 증거는 아니지만 코기의 관찰은 상당히 신용할 수 있겠다.

"일단 생김새도 알려주겠어?"

"으음."

코기는 허공을 노려보았다.

"세 사람 다 체육 동아리 사람인가 싶을 정도로 우락부락했어요. 키는 한 명만 조금 크고 두 명은 보통. 얼굴은 셋 다 못생겼어요."

"조금 더 돌려 말하는 게 어떨까."

"전 남자가 싫거든요."

그렇게 말하며 코기는 남자인 나를 뚫어져라 쳐다보았다.

"알았어. 고마워. 세 사람이 1학년을 쫓아가서 때리는 걸

네가 말렸던 거구나. 그리고 어떻게 됐어?"

"1학년이 확실한 건 아닌데."

"뭐, 편의상 그렇게 부르자."

가칭이 없으면 말할 때 불편하다. 그러기로 하고 입을 열던 코기의 표정이 문득 어두워졌다.

"그리고…… 세 사람은 제게 '무슨 상관이야!'라고 반박했지만 때리는 걸 멈추고 1학년에게 뭐라 말하면서 그 아이 몸을 여기저기 툭툭 밀쳤어요. 그러다가 또 때리는 게 아닌가 싶어 지켜보는데 갑자기 세 사람이 제 쪽을 돌아보는 거예요. 손가락질을 하기에 불쾌했는데 이쪽으로 와서…… CD를 내놓으라고 했어요."

CD?

"CD라니, 음악 말이야?"

코기가 눈썹을 찌푸리고 고개를 저었다.

"몰라요!"

흐음.

음악 CD라면 곡이 들어 있을 뿐이다. 하지만 기록 가능한 CD라면 이미지, 음성, 집계 데이터, 컴퓨터 바이러스에 이르기까지 뭐가 들어 있어도 이상하지 않다.

"1학년이 CD를 들고 달리는 건 봤는데, 내용물까지는 몰라요."

그건 당연한 말이지만.

"엇, 1학년이 CD를 들고 있는 걸 봤어?"

끄덕, 고개를 까딱거렸다.

코기가 1학년이 CD를 들고 있는 걸 보았다면, 세 사람이 착각해서 빈손의 남학생을 쫓은 게 아니다.

"그래서 갑자기 무슨 소리야, 미쳤어? 하고 되받아쳤더니 세 사람이 유키 선배를 보고 '저쪽이다' 하면서 웅성거리더니 선배를 에워싸고 '갖고 있지? 내놔' 하며 윽박질렀어요."

"오사나이는 어떻게 했어?"

"'무슨 소리야?'라고 했어요. 가엾게도, 입술을 부들부들 떨면서……."

겁을 먹었던 거구나.

웃고 있었던 건지도 모르지만.

"게다가 그 녀석들, 유키 선배 가방을 낚아채서 속을 들여다보는 거예요. 정말 믿을 수 없어!"

"확실히 그건…… 심하네."

"실컷 들여다본 후에 '없다'고 하더니, 없으면 포기하면 될 걸 분명 이 녀석이 가지고 있을 거라며 트집을 잡아서. 전 그 1학년이 맞을 때 유키 선배에게 CD를 건넸다고 거짓말을 한 게 아닐까 싶어요. 그러지 않고서야 그 세 사람이 그렇게 끈질기게 선배를 의심할 이유를 모르겠는걸요."

세 사람이 1학년의 거짓말에 속아 오사나이를 의심했다는 추측인데, 그건 글쎄. 내게 생각할 틈도 주지 않고 코기가 마구 쏟아냈다.

"유키 선배가 모른다고 하는데도 세 사람은 계속 의심하더니 급기야 어디로 끌고 가려고 했어요. 저는 선생님을 부르겠다고 했는데 유키 선배가 '괜찮아. 일을 크게 만들지 마'라고 해서 결국 막지도 못하고……. 선배는 세 사람이 시키는 대로 따라갔어요."

"시키는 대로? 팔 같은 걸 잡아끈 게 아니라?"

조금 불만스러운 기색의 대답이 돌아왔다.

"네. 세 사람이 따라오라고 하니까 시키는 대로……."

코기의 눈이 다시 촉촉해졌다.

"내 탓이야! 내가 마시멜로를 굽자고 하지만 않았다면!"

아니, 코기는 마시멜로를 굽는 경우도 있다고 말했을 뿐이고, 본파이어로 굽자고 말한 건 오사나이잖아. 굳이 지적하진 않겠지만.

"오사나이가 다른 말은 안 했어?"

그렇게 묻자 코기는 원망스러운 눈으로 나를 노려보며 망설였다.

"그건……."

재촉하지 않고 잠자코 있자 이윽고 코기가 마음을 굳힌 듯 또렷한 목소리로 말했다.

"'괜찮아. 일을 크게 만들지 마, 별일 아니니까'라고. 그리고……."

"그리고?"

"……'고바토를 불러'."

아아. 내가 뉴욕 치즈 케이크를 먹은 뒤에도 교내에 남아 있으리라는 것을 꿰뚫어 보았나. 하지만.

"하지만 넌 내 연락처를 모르잖아."

"아, 그건."

코기는 조금 이해하기 어렵다는 표정을 지었다.

"'부르면 올 테니까'라고 했어요."

……내가 개냐.

아마 교내 방송으로 불러내는 방법을 고려했겠지. 그렇게 생각하고 싶다.

방법이야 어쨌거나 오사나이는 코기에게 나를 부르라고 전했다. 결과로 보면 나는 스스로 달려온 셈인데, 오사나이는 어떠한 형태로든 내가 필요했다고 생각할 수 있다. 무엇 때문에?

평범하게 생각하면 내가 도와주길 바랐겠지. 정체불명의 폭력적인 세 사람에게 사로잡힌 자기를 빨리 구해달라는 뜻이다. 하지만 그렇다면 조금 기묘하다. 세 사람의 정체는 모르겠지만 외부인이 많이 오는 문화제 날에 여학생을 끌고 가다니 보통 일이 아니다. 코기가 그랬던 것처럼 교사를 불러 문제를 키우면 세 사람도 포기할 수밖에 없었으리라. 그런데 납치가 성공한 이유는 무엇인가?

그것은 바로 오사나이가 저항하지 않았으니까. 코기에게 "괜찮다"고 말하고, 일을 키우지 않도록 견제하고, 제 발로 세 사람을 따라갔기 때문이다.

정말이지! 우리는 서로의 나쁜 버릇을 막기로 약속했는데, 오사나이는 그걸 잊어버린 걸까? 요컨대 오사나이는 수수께끼를 풀어보라고 말하고 있다. 그 수수께끼란…….

"CD는 어디로 사라졌을까?"

바로 그것이다.

5

10월의 태양은 저물어가고 너른 운동장에는 차가운 바람이 불었다. 본파이어의 장작이 타들어가는 소리가 들린다. 불꽃의 온기는 기쁘지만 불길을 쬐는 뺨이 따끔따끔하다.

운동장 한복판에 있는 우리에게 다가오는 사람은 없었다. 소동 소식을 듣고 누가 오지 않을까 싶었지만 그 예상은 빗나간 모양이다. 목격자도 많았을 텐데 모두 소시민적인 무사안일주의에 입각해 보고도 못 본 척하는 걸까? 그렇다면 나도 보고 배워야 했을지 모른다.

갑자기 교내 방송이 흘러나왔다.

"3시 15분부터 체육관에서 취주악부 공연이 있습니다. 감상하실 분들은 체육관으로 와주십시오. 반복합니다……."

연주를 준비하는지 취주악부의 통일성 없는 소리가 바람을 타고 들려왔다.

코기가 말했다.

"CD요? 그거야 유키 선배한테 부딪친 1학년이 가지고 있겠죠. 손에 들고 있는 걸 제가 봤다니까요."

1학년이 거짓말을 해서 세 사람이 오사나이를 의심했다는 코기의 추론이 맞을까?

아니, 그럴 것 같지는 않다.

"아니야. 세 사람은 1학년이 CD를 들고 있지 않은지 몸을 더듬어 확인했어. 아까 말한 1학년의 몸을 여기저기 밀쳤다는 게 바로 그거야. 그리고 어디에도 없다는 사실을 알았기 때문에 소거법으로 오사나이가 가지고 있다는 결론을 내린 거야."

세 사람은 오사나이의 가방을 조사했지만 CD는 나오지 않았다. 이어서 오사나이의 몸도 조사하고 싶었겠지만 다른 사람들 눈이 있는 곳에서 사복 차림의 여학생을 건드릴 수 있을 턱이 없다. 장소를 바꾸어 여성 조력자에게 검사하도록 시키거나, 오사나이에게 강요해 주머니 속 내용물을 꺼내라고 하거나, 어떠한 방법으로 오사나이가 숨기고 있다고 믿는 CD를 회수하려고 했으리라.

"하지만 전…… 선배가 갖고 있다니, 믿을 수 없어요."

나도 태연히 수긍했다.

"맞아. 오사나이가 CD를 가진 채로 세 사람을 따라갔다면 뭔지 몰라도 교섭이 목적일 거야. 그렇다면 오사나이는 혼자서도 할 수 있어. 나를 부를 의미가 없어."

코기는 이해하지 못하겠다는 듯이 자신 없는 목소리로 물었다.

"어, 그러니까 유키 선배한테도 그 남학생한테도 CD는 없다……. 그런 뜻인가요?"

"그런 셈이지."

잠시 말을 끊었다.

"1학년에게도 오사나이에게도 CD는 없었어. 그렇다면 둘 중 누군가 CD를 숨겼다고 생각해볼 수 있어."

이 근처, 어딘가에.

"그래서 두 사람 다 CD를 가지고 있지 않았던 거야. 그렇다면 숨긴 사람은 누구일까? 말할 것도 없이 오사나이지. 붙잡혀서 맞았던 남학생한테는 그럴 시간도 기회도 없었어."

"……기회를 따진다면 애초에 CD를 가지고 있었던 건 남학생이에요. 어떻게 유키 선배가 숨길 수 있단 말이에요?"

당연한 의문이다. 1학년에게는 기회가 없었고, 오사나이의 손에는 CD가 없었다.

그렇다면 답은 한 가지뿐이다.

"남학생이 오사나이에게 CD를 넘긴 거야."

코기가 입을 딱 벌렸다.

벌어진 일을 순서대로 정리하면 그렇게 생각할 수밖에 없다.

"CD를 들고 달아난 1학년과 오사나이는 충돌했고, 서로 소지품을 떨어뜨렸어. 그때 이대로는 붙잡힐 거라 생각한 1학년이 순간적으로 오사나이에게 CD를 건넸어……. 맡긴 거겠지."

"그럴 리가!"

코기는 웃어넘기려 했다.

"전 그런 장면 못 봤단……."

그렇게 말하던 코기가 문득 입을 다물었다.

그렇다. 아까 해준 설명이 정확하다면 오사나이와 1학년이 충돌한 뒤에 코기는 오사나이의 가방 속 내용물을 주우려 했지만 시끄러운 소리를 듣고 뒤를 돌아보았다. 그 직후에 달아난 1학년을 눈으로 좇고, 따라잡힌 그가 세 사람에게 폭행당하는 모습을 보고 비난했다가 말다툼을 했다.

"두 사람이 부딪친 뒤에 넌 오사나이와 그 1학년에게 다가가지 않았고, 두 사람을 계속 지켜본 것도 아니었어. 그렇지?"

확인하자 코기는 순순하게 끄덕였다.

"오사나이한테서 얼마나 눈을 뗐지?"

코기가 짧은 침묵 뒤에 분하다는 듯이 대답했다.

"일 분이나…… 이 분까지는 아니지만, 적어도 일 분 삼십 초 정도는."

"CD를 주고받는 데는 아무리 길게 잡아도 십 초도 걸리지 않아. '이걸 맡아주세요' 하고 떠넘기는 것뿐이라면 오 초면 돼. 그걸 받은 오사나이는 그다음에 어떻게 했을까? 1학년을 때리는 세 사람을 보고 받아 든 CD가 중요한 물건이라는 걸 깨달았을 거야. 달아난다? 오사나이는 제법 발이 빠른 편이지만 낯선 레이치 중학교에서 운동부로 보이는 세 사람을 무사히 따돌릴 수 있을지는 의심스러워. 그렇다면 순순히 건네준다? 나쁘지 않은 방법이지. 무엇보다 소시민스럽고. 하지만…… 오사나이는 그러지 않았어. 세 사람의 손에 들어가지 않도록 CD를 숨긴 다음 스스로 그들을 따라간 거야."

코기가 살짝 고개를 숙였다. 본파이어의 불길이 그 뺨을 비추었다. 내 말이 타당한지 검토하는 모양이다. 이윽고 감격한 듯이 중얼거렸다.

"갑자기 떠맡은 물건인데도 남에게 쉽게 넘기지 않다니…… 역시 유키 선배…… 용감해……."

"뭐, 마시멜로도 못 먹게 되었으니."

"……그건 상관없잖아요?"

글쎄, 그럴까?

"그보다 1학년이 유키 선배에게 CD를 건넬 시간은 있었을지도 모르지만."

생각하면서 이야기하는지 코기의 말투는 신중했다.

"운동장 한복판이에요. 더군다나 여유는 이 분도 없었는데."

코기는 오사나이를 잘 모른다. 그 지적 순발력과 행동력을 모른다. ……오사나이에게는 구십 초면 충분하다.

"시간은 있었어. 문제는 어디에, 어떻게 숨겼는가."

나는 그렇게 말하며 운동장을 한 바퀴 둘러보았다.

취주악부의 연주가 시작되었다. 체육관에서 들려오는 음악은 라벨의 〈볼레로〉. 플루트 음색이 바람을 타고 흘러왔다.

도심 속 학교라 약간 좁게 느껴지기는 해도 운동장은 충분히 넓었다.

거리를 어림잡기는 어려웠지만 양쪽 끝에 축구 골대가 있는 것으로 보아 축구를 할 수 있는 면적이라는 건 알겠다. 일단 지금은 본파이어가 있는 중심부에는 다가오는 사람도 없다.

이따금 학교 건물이나 교문 쪽에서 이쪽을 쳐다보는 사람이 있다. 운동장 한복판에 남녀가 우뚝 서서 이야기하고 있으니 눈에 띄는 모양이다. 소시민적으로는 바람직하지 못한 상황이지만 지금 그보다 중요한 것은 이 장소에 무언가를 숨길 만한 곳이 극히 제한적이라는 사실이다. 이 주변에는 본파이어를 제외하면 소방용 물이 든 양동이 몇 개와, 본 적은 있지만 이름은 모르는 화초를 심은 화분밖에 없다.

운동장에 상설 라인은 보이지 않으니 백 미터 달리기나 축구를 할 때마다 하얀 선을 긋는 모양이다. 자세히 관찰하니 군데군데 금속 노즐이 보였는데, 흙먼지를 방지하기 위한 스프링클러이리라.

본파이어를 에워싸듯 놓인 양동이는 전부 여섯 개였다. 재질은 양철 같아 보였는데 바깥쪽은 똑같이 붉은 바탕에 하얀 페인트로 "소방용"이라고 적혀 있다. 전부 물이 담겨 있고 물의 양은 제각각이었다.

한편 화분은 직사각형으로 크기는 한 아름 정도, 본파이어의 각 변에서 이 미터쯤 떨어진 곳에 총 네 개가 놓여 있다.

코기에게 "저 꽃은 뭐야?"라고 물어보자 단번에 "마거리트하고 알리숨이에요"라는 대답이 돌아왔다. 피어 있는 꽃이 화분을 소복하게 덮고 있어 깔려 있는 흙은 전혀 보이지 않았다.

"흐음……."

〈볼레로〉의 메인 테마가 반복되는 가운데, 멜로디를 연주하는 악기가 차츰 바뀌었다. 학교 건물 쪽에서 갑작스럽게 요란한 환성이 일어 그쪽을 돌아보니 한 창문에서 남학생이 몸을 내밀고 "2-B 최고!" 하고 절규했다.

우리로부터 조금 떨어진 곳에는 하늘색이나 오렌지색 보석 같은 물체가 여러 개 떨어져 있었다. 다가가서 주워보니 손가락 사이에서 질퍽하게 문드러졌다. 먹어볼 용기는 없지만 이것이 오사나이가 선물로 가져온 마시멜로라는 건 알 수 있었다. 넘어질 뻔했을 때 떨어뜨린 것이다. 그렇다면 오사나이와 남학생은 본파이어로부터 육칠 미터쯤 떨어진 이곳에서 충돌했으리라. CD도 이 부근에서 주고받았다고 보아도 무방할 것이다.

대강의 상황은 파악했다. 검토해보려고 팔짱을 끼고 고개를 숙이는데 코기가 아까보다 험악한 목소리로 물었다.

"저기요. 운동장 한복판에서 어떻게 숨기느냐고 묻고 있잖아요."

"아아."

나는 팔짱을 낀 채 건성으로 대답했다.

"지금 네 가지 정도 떠올랐어."

문득 고개를 들자 코기가 눈을 휘둥그레 뜨고 있었다. 무슨 일인가 싶어 분위기를 살피려는데 코기는 짤막하게 한마디만 했다.

"그럼 빨리 찾아봐요."

나는 고개를 갸웃거리며 생각했다. 네 가지 방법이 가능하다면 관찰과 추리를 통해 하나로 좁히고 싶은 게 속마음이다. 다만 이번에 한해 사로잡혀 있는 오사나이를 고려하면, 조사할 수 있는 방법부터 시작하자는 코기의 제안도 일리는 있다.

"그럼 찾아볼까?"

"어디부터……."

코기는 신호만 주면 어디든 달려가겠다는 듯이 의욕이 넘쳤다. 그 의욕을 꺾기는 미안하지만.

"그전에 하나만 알려줘. 내가 마지막으로 본 오사나이는 하얀 블라우스에 오렌지색 카디건을 입고 한 손에 가방을 들고, 다른 손에는 풍선을 두 개 들고 있었어. 끌려갈 때도 똑같은 모습이었어?"

코기가 의아하다는 시선으로 쳐다보았다. 복장이야 그렇다 쳐도 풍선은 어떻게 알고 있지, 미행이라도 했나……. 그렇게 생각했으리라. 오해하는 건 상관없지만 답을 듣지 못하는 건 난처하다.

"4층에서 봤어."

짧게 덧붙였다. 그럼에도 점수를 매기는 듯한 눈으로 나를 훑어보던 코기가 갑자기 생각난 것처럼 중얼거렸다.

"그러고 보니…… 풍선은 어디로 갔지? 유키 선배 손에는 없었어요."

"……풍선 말고는?"

"지금 말한 모습 그대로였을 거예요."

"확실해?"

코기는 눈썹을 찡긋 찌푸렸다.

"한 손에 가방, 다른 한 손에는 아무것도 없었어요. 분명해요."

나는 작게 신음했다. 코기의 관찰안은 믿어도 되겠지만 그렇게 되면 또 한 가지 의문이 생긴다. 그건 어디로 가버렸을까…….

"그보다 네 가지 방법이라는 게 허풍이 아니라면 빨리 찾아봐요."

"아아, 응."

나는 건성으로 대답하며 고개를 들었다. 사라진 풍선은 신경 쓰이지만 지금은 어쨌거나 가능성을 줄여나가자. 손으로 운동장을 가리켰다.

"첫 번째 방법. 가장 쉬운 방법은 던지는 거야. 세 사람이 남학생을 붙잡고 있는 동안 CD를 던진다. 납작한 물건이니 잘 날아가겠지."

"……하아."

실망한 기색이 역력한 대답이다. 조금 더 괜찮은 대답을 기대했을지도 모른다. 크게 신경 쓰지 않고 뒷말을 이었다.

"간단히 실행할 수 있다는 게 장점이지만 문제도 있어. CD는 온도 변화에는 강하지만 충격에는 약해. 만약 CD가 케이스에서 튀어나와 데이터 기록면으로 떨어져서 흙 위로 미끄러진다면 큰 손상을 입을 거야. 그래도 긴급 사태라 어쩔 수 없이 그랬을 가능성도 있으니 마시멜로가 떨어진 부근부터…… 그래, 반경 이십 미터 정도는 찾아봐야 해."

납득한 것 같지는 않았지만 코기는 끄덕거렸다.

"알았어요. 찾아볼게요."

허리를 굽히고 두리번거리는 코기를 내버려두고 나는 다른 가능성을 검토했다.

어디선가 "팝콘 어떠십니까!"라는 비명에 가까운 절규가 들려왔다. 문화제가 끝나가니 어떻게든 재고를 처리하고 싶으리라. 여기까지 팔러 오다니 사주고 싶은 마음도 있었지만 목소리는 한 번으로 끝났고, 본파이어 옆에 서 있는 내게 다가오는 사람은 없었다.

두 번째 방법, 화분에 숨겼을 가능성은 있을까? 마거리트와 알리숨은 꽃이 풍성해서 그 밑에 뭔가를 숨기기에는 안성맞춤이다. 네 개밖에 없으니 금방 확인해볼 수 있다…….

찾았다. 없었다. 다음, 세 번째 방법.

소방용 양동이 속은 어떨까? 물은 그냥 수돗물이니 던져 넣어도 위에서 들여다보면 바로 보인다. 반대로 말하면 들여다보지 않는 한 보이지 않는다는 뜻이다. CD는 젖어도 별문제 없으니 물속에 숨기는 건 좋은 방법일지도 모른다. 혹은 양동이 밑에 숨기는 건? 크기로 봐도 잘 덮일 것 같지 않은가?

이쪽은 여섯 개나 되고 일단 양동이를 들어 올려야 하기 때문에 찾아보기가 조금 번거롭다. 현실적인 문제로 본파이어를 사이에 두고 반대편에 있는 양동이에 숨길 시간적 여유는 없었을 테지만 하는 김에 전부 조사했다.

……여기에도 없었다. 물이 쏟아진 양동이가 있어 최근에

건드린 흔적인가 싶었지만, 양동이 속에도 밑에도 CD는 없었다.

그렇다면……. 본파이어의 불길을 바라보며 나는 팔짱을 꼈다.

볼레로의 반복 멜로디에 맞춰 한 발을 툭툭 구르고 있자니 코기가 헐떡거리며 달려왔다.

"못 찾겠어요. 던진 건 아닌가 봐요."

생각을 하느라 조금 퉁명스럽게 대답하고 말았다.

"아아. 그렇겠지."

"뭐……!"

아차. 항의의 목소리에 황급히 표정을 가다듬었다.

"아니, 미안, 헛수고를 시키려는 건 아니었어. 가능성은 낮아도 일단 조사해야 한다고 생각했어. 나도 이것저것 조사했는데 못 찾았어."

코기는 손목시계를 보더니 어째선지 학교 건물을 돌아보았다. 네 장의 현수막이 미풍에 흔들리고 있었다.

"이런 짓을 해봤자 못 찾아요! 그 세 사람을 본 사람이 있는지 물어보는 게 빠르지 않겠어요?"

"그렇게 찾는다 해도 오사나이를 걸고 겨루자고 싸움을 걸 수도 없잖아. 협상 카드가 필요해."

"그건…… 그렇지만……."

초조한 마음은 알지만 허둥대기에는 아직 이르다. 나는 코기를 똑바로 쳐다보며 이렇게 말했다.

"생각해봐. 차분하게 생각하는 거야. 오사나이는 뭘 들고 있었지? 뭐가 사라졌지? 분명 거기에 단서가 있어. 못 찾겠다고 결론을 내리기는 아직 일러."

거기에 있을 거라는 확신은 있었다. 하지만 어떻게 그런 일이 가능한지 전혀 모르겠다.

"유키 선배가 뭘 들고 있었는지, 뭐가 사라졌는지……?"

코기가 그렇게 중얼거리더니 가을 하늘을 올려다보았다. 덩달아 올려다보니 솔개 같은 새가 높은 상공을 빙글빙글 맴돌고 있었다. 〈볼레로〉의 멜로디는 점점 고조되어갔다.

"세 사람은 오사나이의 가방 속을 실컷 들여다보고 CD가 없다고 판단했어. 그게 이상해. 납치라는 강경한 수단을 쓰기 전에 가방 속을 조금 더 찾아볼 여지가 있지 않았을까?"

코기가 불만을 드러냈다.

"주머니를 말하는 거예요? 한눈에 CD는 안 들어가겠다고 판단했으니 안주머니가 없는 가방이었겠죠."

"아니, 주머니가 아니야."

운동장에 흩어진 보석 같은 과자를 굽어보았다. 오사나이가 모처럼 사 온 선물이다. 코기가 기뻐할 거라 믿었겠지. 그걸 생각하면 아무리 나라도 그 분통함을 이해할 수 있을 것 같았다.

"마시멜로 상자 말이야."

"상자……?"

허를 찔린 듯 코기가 같은 말을 따라 했다.

"만약 가방 속에 상자가 들어 있었다면 세 사람이 가방 속을 보기만 하고 '없다'고 말한 건 이상해. 아까 얘기에 따르면 마시멜로 상자는 충분히 CD가 들어갈 만한 크기였잖아. 가방에서 꺼내 속을 뒤진다거나, 흔들어본다거나, 뭔가 반응이 있었을 거야."

"……유키 선배를 납치한 뒤에 느긋하게 확인해볼 생각이었던 건?"

"그렇다고 해도 없다고 단언한 건 이상해."

숨을 한번 고르고 말했다.

"다시 말해 마시멜로 상자도 사라진 거야."

코기가 고개를 갸웃거렸다.

"하지만 그러면 얘기만 복잡해지잖아요?"

아니, 그렇지 않다. 이것으로 문제의 초점은 하나로 줄어

들었다. 한 걸음만 더…… 그런데 그 한 걸음을 좁히지 못하겠다.

"오사나이는 '고바토한테 연락해'라고 말한 거지? 정확히 뭐라고 말했는지 기억나?"

코기를 탓하려고 묻는 게 아니라 오사나이가 단서를 남겼다면 코기가 그것을 들었을 가능성이 크니 어디까지나 단순히 확인할 생각이었다. 그런데 코기는 몹시 상처받은 듯 고개를 숙이고 중얼거렸다.

"전 아무 말도 못 들었어요……."

무심코 고개를 젖혔다. 그녀가 섬세한 건지, 아니면 내가 평소대로 말해도 전혀 상처 입지 않는 오사나이가 특별한 건지, 어쨌거나 미안하게 됐다.

"미안. 네가 뭔가를 숨기고 있다는 뜻이 아니라."

"유키 선배는 '고바토를 불러'라고 했어요."

"그랬댔지. 응."

"그리고 '케이크가 맛있었는지 물어봐'라고 말한 게 전부예요."

말했잖아!

오사나이는 코기와 문화제를 둘러보다가 선물로 사 온 마시멜로를 본파이어에 구워 먹으려고 꼬치를 조달한 다음 함께 운동장으로 나갔다. 마시멜로 상자는 오사나이가 들고 있었고, 각자 꼬치에 마시멜로를 끼워 막 구우려는 찰나에 1학년이 달려와서 피하려던 오사나이에게 부딪쳤다. 마시멜로는 흩어졌고 오사나이의 가방 속 내용물도 쏟아졌다. 아까 한 추리에 따르면 1학년은 그때 오사나이에게 CD를 건넸다.

세 사람이 1학년을 쫓아오기 무섭게 붙잡고 폭행한 다음 신체검사를 했다. 오사나이는 이때 CD를 숨겼으리라. 세 사람은 1학년에게 CD가 없는 것을 확인하자 방금 전 그와 접촉한 오사나이를 주목했다. 오사나이는 저항하지 않고, 하지만 나를 부르라고 지시하면서 "케이크가 맛있었는지 물어봐"라는 말도 남겼다.

……상관이 없을 리 없다. CD를 숨긴 장소와, 오사나이의 수수께끼 같은 말은 분명 어디선가 연결되어 있다!

"케이크라면 그 치즈 케이크 말이겠지?"

내 기백에 눌린 듯이 코기가 고개를 끄덕거렸다.

"아, 아마 맞을 거예요. 뉴욕 치즈 케이크."

오사나이는 내게 케이크를 시사했다. 치즈 케이크. 뉴욕 치즈 케이크. 대체 그게 어쨌다는 말인가?

그 케이크는 하얬다. 쫀득했다. 맛있었다. 오사나이와 최고의 맛에 대해 논했다. 그 이야기의 어딘가에 힌트가 있는 걸까?

그리고 케이크 만드는 방법을 배웠다. 바트와 오븐, 그리고.

"……있지, 뉴욕 치즈 케이크는 어떻게 굽는다고 했지?"

"네? 저기, 워, 워터배스?"

그거다!

물을 담은 바트에 케이크 재료를 넣은 틀을 넣어 오븐으로 굽는다. 아까는 대체 그렇게 해서 무슨 효과가 있는지 감이 오지 않았다. 둔했다. 워터배스로 굽는 목적은 너무나도 명백하지 않은가!

"코기!"

"네, 네!"

나는 어째선지 차렷 자세로 얼어붙은 코기에게 말했다.

"제과 동호회로 돌아가서 집게를 가져와. 서둘러…… 달려!"

"예!"

이유도 묻지 않고, 불만스러운 표정도 짓지 않고, 코기는 용수철처럼 튀어 나갔다. ……어쩌면 강하게 밀어붙이면 거절하지 못하는 성격일지도 모른다.

너무 고생하지 않아야 할 텐데.

6

본파이어는 시뻘겋게 타오르고 있고 우물 정 자로 쌓인 장작은 때때로 바르작거리며 터졌다. 체육관에서 흘러나오는 〈볼레로〉를 들으며 나는 불꽃을 조용히 바라보고 있었다.

코기는 삼 분도 채 되지 않아 돌아왔다. 숨을 헐떡이며 한 손으로 무릎을 짚고 다른 한 손으로 내게 집게를 내밀었다.

"가져……왔어요……."

"고마워."

금속 집게를 찰칵찰칵 여닫았다. 이거라면 완벽하다. 고개도 들지 못하는 코기를 내버려두고 마시멜로가 흩어진 지점에서 똑바로 본파이어에 다가갔다.

"뭔가를 숨길 때 가장 눈에 띄는 장소를 선택하는 건 흔한 수법이라 해도 좋아. 그만큼 그리 유효하다고는 할 수 없지. 눈치 빠른 상대라면 단숨에 찾을 수 있는 장소에 뭔가를 숨기는 건 의외성을 감안하더라도 너무 위험해."

열기가 이마를, 뺨을 때린다. 그렇다, 생각해보면 물이 쏟아진 양동이가 있었다. 그건 물을 뜰 때 쏟은 거였나.

"하지만 가장 눈에 띄는 장소가 불이고, 숨겨야 할 물건이 가연성 물체라면 이야기는 달라져. 불에 타는 물건은 불 속에 숨길 수 없으니 숨길 생각조차 하지 않지. 옛날에 물에 뜨는 물체를 실수로 물속에 숨겼는데 중요한 순간에 전부 떠오르는 영화를 본 적이 있어. 멋진 영화였어."

불길 속을 들여다보니 차곡차곡 쌓인 장작 사이로 틈새가 보였다. 열기가 날아와 실눈을 떴다. 불꽃 속에서 사냥감을 발견하고 무심결에 입꼬리가 싱긋 올라갔다. 체육관에서 흘러나오는 음악은 이윽고 최고조에 달했다.

"반대로 생각하면 타지 않을, 적어도 한동안은 타지 않을 물건이라면 불 속에도 숨길 수 있다는 뜻이야. 하물며 CD는 온도 변화에는 강하니까."

코기가 어깨로 숨을 몰아쉬며 물었다.

"하지만…… 기기에도 한도가……."

"그래. 한도가 있어."

나는 뒤를 돌아보며 미소를 지었다.

"삼백 도, 사백 도 속에 집어 던지는 건 무모해. 그럼 최고 백 도라면? CD는 물에도 강해."

백 도와 물이라는 말을 듣고 코기가 고개를 들었다.

"그런가, 그래서, 뉴욕……."

눈치가 빠르군. 아니, 역시 내가 둔한 건가?

뉴욕 치즈 케이크를 구울 때 바트에 물을 담는 건 바로 열전도를 억누르기 위함이다. 오븐 속이 몇 도든, 몇천 도든, 물에 닿은 부분은 대략 백 도를 넘지 않는다. 기압에 따라 다르겠지만 물은 대개 백 도 이상 뜨거워지지 않기 때문이다.

통나무 틈새로 집게를 집어넣었다.

감촉이 있다. 천천히, 끄집어냈다. 그런가……. 또 알아차린 게 있었다. 현장에서는 한 가지 더, 꼬치도 사라지고 없었다. 오사나이는 이 상자를 불 속에 밀어넣을 때 꼬치를 쓰고 그대로 불 속에 집어 던졌을 것이다.

본파이어에서 집게를 꺼냈다. 그 끝에 확실하게 끼어 있는 것은 물론 마시멜로 상자다. 그을어서 시커멨다.

"오븐 장갑도 부탁할걸."

그렇게 말하며 나는 상자를 바닥에 내려놓고 소방용 물이 든 양동이를 들고 왔다. 단숨에 부으면 온도 차가 어떤 장난을 칠지 모른다. 손으로 물을 떠서 조금씩 상자에 뿌렸다.

"종이 상자인데…… 불 속에……."

"불은 아래쪽 온도가 더 낮고, 종이는 의외로 발화 온도가 높거든. 화씨 사백…… 몇 도였더라. 게다가……."

초조한 냉각 작업을 마치고 장갑 대신 옷소매를 써서 상자를 잡았다.

"상자가 물로 가득 차 있으면 그 속은 백 도를 넘지 않아. 뉴욕 치즈 케이크하고 똑같은 원리야."

상자 속에는 물이 가득 담겨 있었다. 방금 전까지 불 속에 있었으니 끓는 물이겠지. 그리고 그 밑바닥에는 플라스틱 케이스에 담긴 CD가 불꽃과 태양을 반사하며 무지개색으로 빛나고 있었다. 집게로 케이스를 집어 물속에서 끄집어냈다.

"문제없어. 겨우 찾았네."

마시멜로 상자를 소방용 양동이에 넣어 물을 푸고 거기에 CD를 담아 불 속에 넣는다. 이것이 CD를 숨기기 위해 오사나이가 한 행동이다.

코기가 길고 깊은 한숨을 쉬었다.

"……유키 선배, 겨우 구십 초 만에 이런 생각을 해내고 전부 준비하고 실행한 거예요……?"

다시 한번 거친 숨을 쉬며 중얼거린다.

"믿을 수 없어……."

오사나이에 대해 이야기할 때 코기의 눈은 언제나 흥미와 호의로 빛나고 있었다.

하지만 이때는 그렇지 않았다. 내 착각이 아니라면 거기에 떠오른 것은 두려움에 가까운 감정이 아니었나 싶다.

7

여러 악기가 자아내는 음색이 최고조에 이르렀다가 끝을 맞이했다. 체육관에서 박수 소리가 들려온다.

"저……."

아직 미지근한 CD를 받아 든 코기가 그것을 하늘에 비추어 보았다.

"유키 선배가 CD를 풍선에 매달아 날리지 않았을까 했어요."

"아하하."

재미있는 생각이지만 그러면 되찾을 수 없으니까. 풍선은 단순히 충돌할 때 놓쳐서 날아가버렸으리라.

"이걸 세 사람에게 건네면 유키 선배를 구할 수 있겠네요."

그렇게 묻는 걸 보니 나도 조금은 코기의 신용을 얻은 모양이다. ……그 신뢰를 저버리는 건 마음 아픈 일이다.

"천만에."

눈을 휘둥그레 뜨는 코기에게 나는 고개를 가로저었다.

"그런 짓을 하면 오사나이가 슬퍼할 거야. CD를 그대로 건네줘서 될 일이라면 오사나이가 직접 했을 테지."

"하지만 그건 맡은 물건을 바로 넘기고 싶지 않아서……."

"우리가 건네주면 똑같은 셈이야. 오사나이가 어째서 CD를 불 속에 숨기고 스스로 붙잡혔다고 생각해?"

더 나아가서 어째서 나를 불러냈는가?

어, 그건, 하고 입속으로 웅얼거리는 코기에게 나는 단언했다.

"오사나이는 시간을 번 거야. 그사이에 내가 CD를 발견하길 바랐지."

"어째서요?"

"물론 CD 내용물을 조사하기 위해서지!"

CD를 소지했다는 이유로 세 사람에게 습격당한 1학년으로부터 오사나이는 문제의 CD를 넘겨받았다. 이미 오사나이는 선물로 사 온 마시멜로도 엉망이 되었고, 두 개나 받았던 풍선도 허공으로 떠나보냈으며, 마지막으로 한 번 더 뉴욕 치즈 케이크를 먹고 돌아가려는 계획마저도 물거품으로 돌아가고 말았다. 얌전히 '예, 그러십니까' 하고 CD를 넘기기엔 오사나이는 아직 소시민 수행이 부족하다.

CD에는 누군가의 비밀이 숨겨져 있다. 그것을 확인하고 싶다는 생각 정도는 그래도 건전한 호기심 축에 들리라. 그 비밀을 이용해 마시멜로와 뉴욕 치즈 케이크의 원수를 갚을 생각까지 하고 있는 건지는 모르겠지만.

"……그런가."

코기가 멍하니 중얼거렸다.

코기는 오사나이를 취미가 맞는 연상의 언니로 믿고 따랐다. 마카롱 사건에서 그 예리함을 가까이서 보고서도 오사나이를 귀엽다고 생각한다는 건 곁에서 봐도 알 수 있었다. 하지만 지금 오사나이의 방식을 어렴풋이나마 엿보고 말았다. 충격을 받았겠지…….

"역시 유키 선배!"

"어?"

"그래요. 그 세 사람, 누가 봐도 나쁜 녀석들이었어요. 그런 애들이 찾고 있었으니 틀림없이 뭔가 나쁜 기록이 들어 있을 거예요! 몸을 던져 증거인멸을 막아낸 거예요. 유키 선배, 정말 굉장해요!"

눈에는 초롱초롱한 빛이 돌아왔고 감격스럽다는 듯이 두 주먹을 입가에 대고 부들부들 떨고 있다.

아, 응. 틀린 말은 아니다. 세 사람은 적어도 난폭했고, CD에는 그들에게 불리한 내용이 기록되어 있을 테고, 오사나이는 CD가 그들의 손에 넘어가지 않도록 스스로 미끼가 되었다. 전부 맞는 말인데 뭘까, 이 미묘하게 다른 느낌은…….

"그렇다면 레츠 고예요!"

"레, 레츠 고?"

실제로 소리 내서 레츠 고라고 말하는 사람은 처음 봤다.

"컴퓨터부에 친구가 있어요. 걔한테 부탁하면 동영상도 볼 수 있고, 분명 복사도 할 수 있을 거예요. 가요!"

컴퓨터부 부실은 여러 건물 중 한 곳에 있었다. 문화제도 막바지에 접어들어 혼잡한 가운데 나는 코기를 따라가는 게 고작이라, 도중에 위치 감각을 잃어버리고 말았다. 지금은 3층에 있는 것 같긴 한데 어쩌면 4층일지도 모른다.

빈 교실을 유용한 듯한 부실은 문이 활짝 열려 있고, 문 옆에는 "패미컴 재현"이라는 간판이 있었지만 그 위에 "먹통으로 종료"라고 적힌 종이가 붙어 있었다. 즉 컴퓨터부원은 한가해 보여서 부탁하기도 쉬웠다.

코기의 친구라는 컴퓨터부원은 중학생인데도 나보다 머리

하나쯤 키가 크고 어깨도 벌어졌으며 허리 쪽으로 내려갈수록 잘록해지는 훌륭한 체형의 청년이었다. 얼굴은 우악스럽지만 태도는 굉장히 유순해서 우리에게 의자와 보리차를 권했다. 한마디 덧붙이자면 그는 지금 부실에 남아 있는 유일한 부원이기도 했다. 코기가 CD 재생을 부탁하자 사정도 묻지 않고 싱긋 웃었다.

"도와주고말고."

좋은 녀석이다.

"데스크톱은 행사에서 쓰고 있지만 재생 정도는 노트북으로도 할 수 있으니까."

"그래. 그럼 부탁할게."

코기가 문제의 CD를 건네자 컴퓨터부원은 의아한 표정을 지었다.

"……뭔가 따뜻한데, 이거."

아직 따뜻한 모양이지만 노트북은 별문제 없이 CD를 읽었다. 컴퓨터에는 문외한인지 코기는 유난히 불안한 얼굴로 화면을 응시하고 있었다.

"어때?"

"어떻긴, 그냥 평범해. 내용은…… '가을 합숙'이라는 이름의 동영상 파일 하나뿐이야. 사 분 정도밖에 안 되네, 용량

이 아까워. 재생해봐도 되지?"

코기가 고개를 끄덕거리자 곧 동영상이 재생되었다.

화면 속에 비친 것은 다다미가 깔린 넓은 공간이었다. 도복을 입은 남자들이 열 명 정도 서 있다.

"……가라테?"

컴퓨터부원이 그렇게 중얼거렸지만 시작된 연습을 보니 아니라는 것을 금세 알았다. 서로 붙들고 흔들고 집어 던진다. CD에 들어 있는 것은 유도 연습 광경이었다. 코기가 말했다.

"이거 우리 유도부지?"

무음 속에서 자유 대련이 이어졌다. 그중 검은 띠를 맨 장신의 남자와 키가 그 3분의 2 정도밖에 되지 않는 앳되어 보이는 남자의 대련이 시작되었다.

"이거 소리는 없어?"

코기가 묻자 컴퓨터부원이 "아차" 하더니 소음 기능을 해제했다.

대번에 큰 소리가 울려 퍼졌다.

"기합 넣어라, 기합! 소리, 소리, 소리! 소리를 내! 어이, 더 크게 외치란 말이다! 의욕, 의욕!"

무심결에 뒤로 물러났다. 얼굴을 화면에 들이대고 있던 코기는 비명을 지르며 귀를 틀어막았다.

"아아, 미안, 미안."

컴퓨터부원 역시 얼굴을 찌푸리며 음량을 조절했다.

모니터 속에서 호통을 들은 유도부원이 필사적으로 목청을 돋우었다. 하지만 변성기도 지나지 않았는지 나오는 목소리는 높고 가늘었다. 상급생으로 보이는 검은 띠의 옷깃과 소매를 붙잡고 몇 차례 흔들어보지만 누가 봐도 체격 차가 역력했다.

"더 힘을 내! 제대로 하란 말이야, 제대로! 소리, 어이, 소리, 어이, 소리, 소리, 소리! 소리 크게 내라고, 장난해?"

비명에 가까운 소리를 내지르며 기술을 걸려고 달려들어보지만 상대는 꼿꼿이 선 채로 꼼짝도 하지 않았다.

"기술을 걸어, 기술! 그래서야 찍는 의미가 없잖아!"

그렇게 외친 바로 다음 순간이었다.

"기합을 넣으라고 말하잖아!"

검은 띠가 한층 크게 고함을 지른 순간 덩치가 작은 쪽이 빙글 회전했다. 기술 이름은 모르겠지만 스스로 날아간 것처럼 순식간에 내던져지더니 쿵 하고 묵직한 소리가 울렸다.

"어이, 뻗어 있지 마. 너 때문에 팀이 지면 책임질 거야? 책임을 자각하란 말이야, 책임을. 어이, 일어나. 할 마음 없으면 돌아가든지! 그만둘 거야? 그만둘 거냐고 묻고 있잖아, 어이!"

하지만 쓰러진 남학생은 다다미에 드러누운 채로 일어날 줄을 몰랐다. 아니, 꼼짝도 하지 않았다.

"선배, 저기."

가까이 있던 다른 부원이 쭈뼛쭈뼛 입을 열며 어중간하게 손을 뻗었다. 하지만 선배라는 남자는 그쪽은 보지도 않고 쓰러진 남학생에게 등을 돌리고 몇 걸음 걸어갔다. 그리고 갑자기 몸을 돌리더니.

"누가 농땡이 치래!"

험악하게 고함을 치며 쓰러져 있는 남학생의 가슴을 짓밟았다.

힉, 하는 소리는 코기가 지른 비명이리라. 스피커에서 둔탁하고 불길한 소리가 나더니 쓰러져 있던 남학생이 비명을 질렀다. 화면은 촬영하는 사람의 동요를 전달하듯 크게 흔들렸다.

선배라는 유도부원은 거기서 그치지 않고 한 번 더 밟으려는 듯이 발을 치켜들었다. 쓰러져 있던 남학생이 힘없이 손을 들어 몸을 지키려 했다. 영상으로 봐도 알 수 있을 정도로 그 안색은 정상이 아니었다.

“선배! 위험해요!”

이번에는 다른 부원의 목소리가 들렸는지 발을 내렸다.

“처리해.”

쓰러진 유도부원에게 몇 명이 달려갔고, 그중 한 명이 외쳤다.

“양호실! 선생님을 불러와, 뼈가 부러졌을지도 몰라!”

선배라는 남자는 불쾌한 듯이 서 있다가 이윽고 카메라의 존재를 알아차리고 다가왔다.

“어이, 언제까지 찍고 있을 거야, 꺼!”

화면은 다시 크게 흔들렸고, 어둡게 변했다.

“소문은 들었어요.”

컴퓨터부원이 말했다.

“작년까지 있었던 유도부 코치님은 꼼꼼하게 가르쳐주는 분이어서 그 덕분에 강해졌지만, 그분이 그만두고 지금 유도부에는 코치가 없다고요. 고문 선생님은 유도를 몰라서 거의 연습에 얼굴도 비추지 않다 보니 상급생이 엄격하게 지도하게 되었는데, 엄격하기만 하면 다행이지만…….”

“나도 알아.”

코기도 말했다.

"사고가 무척 늘었다고 들었어. 이번 문화제에서도 연습 시합을 보여줄 예정이었는데 직전에 부상자가 나와서 중단했다고."

컴퓨터부원이 동영상의 상세 정보를 확인했다.

"이거, 지난주에 찍은 거야. 부상자가 나왔다는 게 이거였나."

격투기에서는 내동댕이쳐진 상대가 일어나지 못하는 일도 있을 수 있다. 낙법을 제대로 취하지 못해 의식을 잃은 것이리라.

다만 쓰러진 상대의 가슴을 짓밟아 부상을 입히는 건 연습 중에 벌어진 사고라고 말하기 어렵다. 사건이다.

이로써 오늘 일어난 일을 대강 이해했다.

"유도부는 동작을 확인하려고 연습 광경을 찍고 있었겠지. 그랬는데 그런 장면이 찍히고 말았어. 촬영한 사람인지 다른 부원인지는 모르겠지만 유도부의 누군가 이 동영상을 외부인에게 보여주려고 했던 거야."

"고발하려는 거였군요."

코기가 말했다.

"그렇겠지. 지금 유도부의 상황을 외부에 알리려고 했어. 오늘은 문화제고 외부인들도 오니까 어디선가 재생해서 많은 사람들에게 보여줄 작정이었을지도 몰라. 뭐, 그렇게까지 대담한 짓은 아무래도 하기 어려울 테니, 교장 선생님한테라도 들고 가려다가 우연히 오늘 발각되었을 가능성이 큰 것 같지만."

"녹화 데이터를 유출한 걸 들킨 거군요."

"이 학교 유도부는 가을 대회에 나간다면서? 대회를 앞두고 이런 동영상이 폭로되면 큰일이라고 생각한 부원도 있었겠지. 그래서 쫓아가서……."

"쫓긴 1학년은 달아나던 중에 유키 선배에게 부딪쳤고……."

1학년을 쫓아온 세 사람도 유도부원이리라. 오사나이는 내부 분열에 휘말렸던 것이다.

코기가 책상에 팔꿈치를 대고 머리를 감싸쥐었다.

"이런 걸 보면…… 그 녀석들한테 넘겨줄 수 없어. 하지만 유키 선배를 구하지 않으면……."

컴퓨터부원이 어째선지 내게 물었다.

"유키 선배?"

"아아. 내 친구인데 지금 유도부에 붙잡혀 있어. 그 친구가 이 CD를 가지고 있다고 오해를 사서."

컴퓨터부원은 눈을 휘둥그레 떴다.

"……그거 굉장히 위험한 것 아니에요?"

그건, 글쎄.

세 사람이 단순한 불량배라면 지극히 위험한 상황이겠지만 그렇지 않은 모양이니. 그 점을 어떻게 설명해야 하나.

"유도부하고 거래해요!"

코기가 벌떡 일어나더니 외쳤다.

"교내 방송으로 불러내서 CD를 갖고 있으니 유키 선배를 돌려달라고 말해요. 물론 동영상은 복사해놓고, 그리고, 그리고……."

바로 그때였다.

"여기까지!"

난데없는 목소리에 뒤를 돌아보니 한 여학생이 자신만만한 미소로 팔짱을 낀 채 활짝 열린 입구에 기대서 있었다. 우리는 저마다 외쳤다.

컴퓨터부원은,

"누구예요!"

코기는,

"유키 선배!"

그리고 나는,

"거기까지겠지."

오사나이는 깊숙이 끄덕거리더니 자신만만한 미소를 머금고 낮고 차분한 목소리로 고쳐 말했다.

"거기까지."

8

문화제는 4시에 끝나 그대로 뒤풀이에 돌입했다. 모두 함께 운동장의 본파이어를 에워싸고 노래하며 춤춘다고 한다. 보고 싶은 마음도 있었지만 4시까지 뒷정리를 해야 한다고 해서 우리는 방해되지 않도록 일찌감치 레이치 중학교를 뒤로했다.

사건의 전말은 지하철 안에서 들었다.

"남학생들한테 훈련장으로 끌려갔는데, 그래, 한 열 명쯤 되는 사람들이 에워쌌어. CD를 내놓으라고 윽박질러서 무서웠어."

어렸을 때는 놀이공원 유령의 집이 무서웠다고 말하는 것처럼 태연한 얼굴로 말한다.

"하지만 이걸 갖고 있었거든."

보스턴백을 축소한 듯한 가방에서 나온 것은 학생수첩이었다.

"그럴 줄 알았어. 하지만 용케 들고 다녔네."

"고바토는 모를 거야. 고등학생이라는 걸 증명하려고 항상 학생수첩을 들고 다니는 내 기분을."

응.

CD의 동영상이 유도부 연습 광경이라는 사실을 확인한 시점에서 오사나이는 별 탈 없이 돌아올 거라고 예상했다. 학교는 내부에서 벌어진 문제에 외부인이 얽히는 것을 지독히 싫어하는 특징이 있다. 그것은 개개인마다 정도의 차이는 있지만 교사든, 학생이든, 일반적으로 볼 수 있는 경향이다. 시외도 아니고 이웃 현에서 찾아온 고등학생이라는, 레이치 중학교와 아무 상관 없는 외부인에게 유도부가 강압적으로 나올 가능성은 낮아 보였다. 뭐, 학생수첩이라는 비장의 카드를 들고 다닐 줄은 예상도 못 했지만.

"내가 고등학생이라는 걸 알고 나서도 믿기 싫었는지 처음에는 거짓말이라고 했지만, 점점 풀이 죽더라. 가방 안을 한 번 더 보여달래서 보여줬더니 돌아가도 된다고 했어."

"믿기 싫었던 게 아니라 믿을 수 없었던 것 아닐까?"

마침 플랫폼에 접어들어 감속하는 지하철 브레이크 소리에 묻힌 내 혼잣말은 오사나이에게는 들리지 않은 듯했다.

"……고바토는 CD를 찾으면 그걸 재생할 수 있는 곳으로 갈 테니 컴퓨터부로 갔지. 너희가 동영상을 보고 있을 때 난 바로 뒤에 있었어. 그런데 아무도 몰라주더라."

"그래서 그런 대사를 읊었구나?"

"한번 해보고 싶었거든."

아, 부끄러워하지 않네.

다시 움직이기 시작한 지하철 안에 다음이 나고야 역이라는 안내 방송이 흘러나왔다.

"괜찮은 거야?"

그렇게 묻자 오사나이는 의아한 표정을 지었다.

"뭐가?"

"그 동영상 말이야."

오사나이는 동영상 복사본도, 원본 CD도 필요 없다고 했다. 사실 조금 뜻밖이었다. 오사나이라면 그 동영상의 가장 효과적인 사용법을 찾아낼 줄 알았는데.

"마시멜로를 못 먹었잖아?"

"아아."

지하철의 새까만 차창을 바라보며 오사나이는 대수롭지 않다는 듯이 말했다.

"고바토가 무슨 말을 하고 싶은지 알아. 마시멜로도 그렇지만 마지막으로 한 번 더 카페에 가서 뉴욕 치즈 케이크를 먹고 그 애들한테 고맙다고 인사하고 돌아갈 작정이었는데 전부 엉망이 되었어. 굉장히 유감이야."

역시, 완벽하게 괜찮지는 않은 모양이다. 그런데도 오사나이는 레이치 중학교 유도부의 약점을 잡지 않았다.

"걔들을 용서해줬구나. 오사나이, 훌륭해. 정말 멋진 소시민이야."

진심에서 우러난 나의 찬사에 오사나이는 생긋 웃더니 살짝 고개를 돌렸다.

"고마워. ……하지만 고바토는 약간 오해하고 있어. 나는 CD를 챙기지 않은 게 아니라 컴퓨터부에 남겨둔 거야."

오사나이의 의도를 알 수가 없어 나는 입을 다물고 뒷말을 기다렸다.

"컴퓨터부에는 컴퓨터가 있고, 수중에는 끔찍한 동영상이 있어. 컴퓨터부 친구는 지금 유도부를 좋게 보지 않겠지."

아아, 그런가.

"인터넷에 뿌릴지도 모르겠네."

손가락으로 검은 머리카락을 만지작거리며 오사나이는 아

무것도 보이지 않는 차창을 보고 있었다. 새까만 창문은 거울처럼 오사나이의 옆얼굴을 비추었다.

"분명 그렇게 될 거야. 기운을 느꼈는걸."

기운이라…….

동영상이 퍼지면 레이치 중학교 유도부의 명성은 바닥에 떨어지리라. 가을 대회 출전도 어찌될지. 하지만 바닥까지 떨어지면 좋아질 일만 남을지도 모른다. 고문이 조금 더 연습에 참가하고, 새 코치가 올지도 모른다. 최악의 경우 해체될 수도 있겠지만, 1학년들은 지금의 환경에서 벗어날 수 있다.

나고야 역이 다가오자 지하철이 속도를 늦추었다. 오사나이는 아마도 차창에 비친 얼굴을 내가 보고 있다는 사실을 모를 것이다. 그렇지 않고서야 저런 표정을 지을 리 없다. 저런…… 싸늘한 웃음을. 창에 비친 자신을 향해 오사나이는 속삭였다.

"그래서 아무것도 안 한 거야."

The Paris
Macaron
Mystery

베를린 튀김빵 수수께끼

1

연말이 코앞으로 다가온 어느 날 방과 후, 나는 설문지를 들고 신문부 부실로 향하고 있었다. 설문 내용은 교칙 개정 찬반에 대한 질문으로, 답변은 자유지만 우리는 답해도 되고 답하지 않아도 된다는 자유에 익숙하지 않으므로 학급 모두가 설문에 참여했다. 기한은 아직 남았지만 답변이 다 모인 이상 나중에 제출할 이유가 없다. 그런데 내가 그것을 신문부에 가져가게 된 사정은 방과 후 교실에서 느지막이 귀가 준비를 하고 있을 때 아무개 학급 임원에게 "고바토, 신문부 도지마하고 친하지? 미안하지만 이것 좀 제출해줘"라는 부탁을 받았기 때문인데, 여기에는 두 가지 커다란 의문점이 있다. 어째서 학급 임원이 내 인간관계를 알고 있는가 하는 점과,

어째서 그는 나와 도지마 겐고가 친하다는 오해를 했는가 하는 점이다. 고개를 갸웃거리며 석양이 비치는 복도를 걸어가는데 창가에 우두커니 선 여학생이 보였다. 보브컷을 바람에 살랑살랑 나부끼며 창턱에 팔을 얹고 저물어가는 바깥 풍경을 바라보고 있는 사람은 다름 아닌 오사나이였다. 오사나이가 방과 후 복도에서 포즈를 취할 사람은 아닌데, 대체 무슨 일인가 싶어 말을 걸었다.

"오사나이."

고개 돌린 오사나이의 표정을 보고 나는 걸음을 멈추었다. 눈에서 눈물이 굴러떨어진 것이다. 뺨은 발그레했고 입술은 립스틱을 바른 것처럼 붉다. 보통 일이 아니라는 걸 대번에 알았지만 무슨 말을 해야 할지 알 수가 없었다. 할 말을 잃은 내 앞에서 오사나이는 새끼손가락으로 눈가를 훔치며 의연한 태도로 억지스럽게 웃었다.

"아, 고바토."

바로 고개를 돌리더니 어딘가 딱딱한 목소리로 중얼거렸다.

"놀랐지? 미안, 보기 흉하지."

"저…… 무슨 일 있었어?"

"아무것도 아니야. 미안, 오늘은 이만 돌아갈게."

그러더니 발길을 돌려 종종걸음으로 복도 저편으로 멀어져 갔다. 나는 소시민의 꿈을 마음속에 품으면서도 숨겨진 사실을 해명하는 게 서툰 편은 아니라고 자부하고 있지만, 지금의 짧은 대화로는 오사나이에게 뭔가 슬픈 일이 있었으리라는 것밖에 모르겠다. 아무래도 내가 나설 자리는 아닌가 보다.

나중에 생각해보면 그 자리에 어울리지 않았던 것은 내가 아니라 오사나이였을지도 모른다. 그후 나는 어떤 기묘한 사건을 맞닥뜨려 의도하지 않게 해결을 시도하게 되는데, 그 모든 과정에서 오사나이는 전혀 등장하지 않았기 때문이다. 호혜 관계를 맹세한 이래로 내가 수수께끼에 맞설 때 오사나이가 근처에 없었던 건 그때가 처음이었다.

2

신문부는 1층 인쇄 준비실을 부실로 쓴다. 문이 활짝 열려 있어 제출하러 들어가기 전에 안을 살짝 들여다보았다.

언젠가 도지마 겐고에게 다소 너저분한 공간이라는 말을 듣긴 했지만 실제로 그곳은 상상했던 것보다도 혼돈으로 가득했다. 종이, 종이, 종이, 화이트보드, 그리고 또 종이, 종이, 종이, 어떤 사연이 있는지는 모르겠지만 작으나마 냉장고까지 있다. 입구 정면, 그리 넓지 않은 부실 복판에는 대형 테이블이 놓여 있고 좌우 벽면 근처의 비좁은 공간에도 일인용 책상과 의자가 몇 개 있었다.

대형 테이블 위에는 하얀 접시가 하나 놓여 있다. 네 명의 학생들이 그 접시를 들여다보며 심각한 표정을 짓고 있었다.

그중 한 명, 모르는 사람이 보면 절대 신문부원으로 보지 않을 건장한 체격의 도지마 겐고가 나를 알아보았다.

"뭐야, 조고로냐. 왜 왔냐?"

왜 왔느냐니, 말본새하고는.

"신문부가 뿌린 설문지를 가져왔어."

"아아."

기특하게도 겐고가 머쓱한 표정을 지었다.

"그래? 미안. 꽤 빠르네."

"신문부에서 회수하면 될 텐데."

"그게 맞지만 모든 반을 돌기엔 일손이 부족해서."

설문지를 넘기자 용건이 끝났다. 그만 돌아가려는데 부실 분위기가 왠지 이상하다. 애초에 네 사람이 테이블을 에워싸고 침묵하고 있다는 사실이 의미심장한데다가 기분 탓인지는 몰라도 어딘가 서로 탐색하는 눈빛이다. 이건 무슨 일이 있었구나 싶어 눈짓으로 묻자 겐고는 팔짱을 끼고 작게 한숨을 쉬었다.

"……조고로. 지금 한가해?"

"딱히 다른 예정은 없는데."

"그래? 사실 조금 난처한 상황이야. 너만 괜찮다면 얘기 좀 들어주겠어?"

나는 오사나이와 함께 소시민의 길을 걷기로 맹세했다. 소시민은 상관없는 단체의 고민에 경솔하게 끼어들지 않는다.

하지만 다른 사람도 아니고 도지마 겐고가 도움을 청한다면 어쩔 수 없지. 어려운 결심이지만 조금이라도 겐고에게 힘이 될 수 있다면 어떤 이야기라도 들어줄 수 있다.

"물론이지, 무슨 일인데?"

"그 기쁜 표정은 뭐야……."

그렇지 않다, 어렵게 결심했다니까.

부실에 있는 나머지 세 사람이 비난 어린 시선으로 겐고를 쳐다보았다. 어떤 사정인지는 모르겠지만 독단으로 외부인에게 의논하려 하니 불쾌하게 여기는 건 당연하다. 조금 투실한 체형의 남학생이 짜증이 묻어나는 말투로 말했다.

"어이, 도지마, 어쩌려고 그래. 얘기할 거야?"

"딱히 숨길 일도 아니고 이대로 눈싸움하는 것보다야 낫잖아. 남한테 말해보면 우리도 머릿속이 정리될지도 모르고. 게다가…… 여기 고바토 조고로는 가끔이지만 기묘한 점을 알아차릴 때도 없지는 않아."

평가가 지나치게 완곡하다. 남학생들은 여전히 불만스러워 보였지만 겐고와 입씨름을 하고 싶은 건 아닌지 "그게 뭐야"라고 중얼거리고는 입을 다물었다.

"마키시마하고 스기는 어때? 이 녀석한테 의논해도 돼?"

두 여학생은 얼굴을 마주 보더니 키가 크고 마른 쪽이 짧게 대답했다.

"괜찮지 않겠어?"

"좋아, 결정."

겐고는 그렇게 수긍하더니 그때까지 손에 들고 있던 설문지를 벽 쪽 서류 더미에 쌓았다. 이어서 대형 테이블에 놓인 접시를 가리키며 심각한 투로 말했다.

"문제는 이거야."

하얀색의 둥근 접시는 직경이 이십 센티미터 정도, 위에는 아무것도 없었다.

"아아, 이건 그러니까…… 접시네."

"잠자코 들어."

예.

"난 몰랐는데 세상에는 베를리너 판쿠헨이라는 과자가 있다고 해."

잠자코 들으라는 말을 방금 전에 들었지만 잠자코 있을 수가 없었다.

"베…… 뭐라고?"

"베를리너 판쿠헨."

"미안, 한 번만 더."

"베를리너 판쿠헨."

내 청각이 딱히 나쁜 건 아니라고 믿고 싶다. 겐고의 말투가 조금 빨라서 제대로 알아듣기 힘든 것이다.

"베를리너……?"

겐고는 포기한 듯이 고개를 저었다.

"독일식 튀김빵이야."

오호라, 이제야 알겠다.

"이름처럼 베를린 명물인데 크기는 보통 주먹만 하고, 그냥 튀긴 빵이 아니라 안에 잼이 들어 있어. 연말에 이 튀김빵을 잔뜩 준비해 몇 개에는 머스터드를 넣어서 다 함께 먹으며 누가 머스터드 빵에 걸리는지 장난치는 게임이 있대."

"어디에나 비슷한 놀이가 있구나."

"최근 학교 근처에 독일 빵 가게가 문을 열었어. 이 튀김빵도 판다고 해서, 세계의 연말이라는 주제로 12월 호에서 다룰 생각으로 취재를 신청했고 흔쾌히 승낙을 받았어. 그래서 얘기만 들을 게 아니라 실제로 그 게임을 해보고 머스터드 빵에 걸린 사람이 기사를 쓰기로 했어. 튀김빵을 사람 수대로 준비해서 이 접시에 담았지."

그래서 책상 위에 접시가 있구나.

"그리고 다 함께 동시에 먹었어."

신호와 함께 잼이 든 튀김빵을 먹는 겐고를 상상하니 왠지 그것만으로도 조금 우스웠다. 물론 겐고는 이렇게 보여도 코코아를 맛있게 타는 법에 연연하는 남자니 달콤한 디저트도 그럭저럭 잘 먹는 편이리라.

"맛있었어?"

그렇게 묻자 겐고는 어째선지 얼굴을 찌푸렸다.

"그게 문제야."

"맛없었어?"

"아니, 맛있었어."

"그럼 아무 문제 없잖아."

"문제가 있었다니까. 잘 들어, 모두 맛있었다는 거야."

나는 무심결에 대형 테이블을 에워싼 나머지 세 사람을 쳐다보았다. 모두 어딘가 찜찜한 표정이다. 겐고가 강하게 주장했다.

"그럴 리가 없어. 누군가의 빵에는 머스터드가 들어 있었을 거야. 그런데 걸린 사람이 털어놓지를 않아. 시시한 장난은 그만하라고 해도 하나같이 자기는 아니라는 거야."

투실한 남학생이 옆에서 끼어들었다.

"도지마도 포함해서."

겐고가 심각한 표정으로 끄덕거렸다.

"그래. 나도 포함해서."

그리고 겐고는 내게 물었다.

"조고로, 누가 '꽝'을 먹었는지 알아낼 수 있겠어?"

나는 겐고에게 사과하고 싶어졌다. 신문부가 한 달에 한 번 발행하는 《월간 후나도》는 누구나 아는 운동회 결과나 수학여행 행선지를 밋밋한 문장으로 쓰는, 피해는 주지 않지만 쓸모도 없는 것이라고 생각했다. 그런데 연말 특집을 위해 아무 데서나 팔지는 않을 독일식 튀김빵을 입수해 리포트를 할 줄은 생각도 못 했다. 그런 기획이 위기에 봉착했다면 도와주지 않을 수 없다.

"알겠어. 내가 알아낼 수 있을지는 모르겠지만 몇 가지 물어볼게."

겸허하게 그렇게 말하며 먼저 여기에 있는 네 사람의 이름을 확인했다.

굳이 설명할 필요도 없는 도지마 겐고.

투실한 체형에 때때로 불만스럽게 뭔가를 중얼거리는 남학생이 몬치 조지.

키가 크고 날씬하고 표정이나 동작에 나를 향한 불신감을 숨기지 않는 여학생이 마키시마 미도리.

자그마한 몸집에 동그란 안경을 쓰고 사태의 추이에 어쩔 줄 몰라 하는 여학생이 스기 사치코.

겐고는 물론이고 나머지 세 사람도 신문부 소속 1학년이라고 한다. 그들이 '용의자'인 셈이다. 힐끗 시계를 보니 4시 45분이었다.

"튀김빵을 먹은 건 여기 있는 네 사람이지?"

겐고가 끄덕였다.

"시식할 때 접시 위에 있는 튀김빵은 네 개였던 거지?"

"그래."

"그리고 머스터드가 든 빵은 한 개뿐이었고."

"응."

간결한 대화가 가능한 건 겐고의 미덕이지만 지금은 조금 더 신중한 대답이 필요하다.

"미안, 겐고. 네가 확실하게 알고 있는 범위에서 대답해주지 않겠어?"

겐고는 살짝 눈썹을 찌푸렸지만 바로 끄덕이며 고쳐 말했다.

"미안해. 우리가 튀김빵을 시식할 때 접시 위에는 네 개의 튀김빵이 있었고, 그중 하나에는 머스터드가 들어 있을 예정이었어. 마키시마, 몬치, 스기, 나, 이렇게 넷이서 튀김빵을 하나씩 먹었는데 머스터드 빵에 걸렸다고 말하는 사람은 없었어. 그리고 접시는 건드리지 않았어."

"알겠어. 고마워."

자, 이제.

이번에 내가 부탁받은 건 머스터드가 든 튀김빵을 먹은 이른바 '범인'을 알아내는 일이다. 언뜻 불가사의하게 보이는 사건을 논리적으로 재해석하거나 남이 숨기는 비밀이 뭔지 추측하는 건 그리 어렵지 않다. 하지만 추측만으로 백 퍼센트 완벽하게 범인을 알아내기란 지극히 어렵다. 극단적으로 말해 정체불명의 괴도가 신문부원에게 최면술을 걸어 머스터드가 든 튀김빵을 가져갔을 가능성도 제로는 아니고, 그 정도로 황당무계하지는 않더라도 단순히 누군가 치명적으로 착각했을 가능성은 충분히 있을 수 있다. 모든 가능성을 대등하게 다루고 모든 발언의 진위를 알 수 없다고 생각한다면 신뢰할 수 있는 수준으로 범인을 지적하기란 불가능하다. 그래서 나는 내 안에서 일단 전제를 정했다.

첫 번째. 겐고가 단언하는 정보만큼은 틀림없는 사실로 믿는다.

두 번째. 이 사건에 초자연현상은 일절 얽혀 있지 않다고 생각한다.

세 번째. 범인의 행동에는 그 나름대로의 합리성이 있다고 인정한다.

이 세 가지 전제를 지키면서 현시점에서도 생각해볼 수 있는 가능성은 몇 가지 있지만 지금은 성급하게 판단하지 말고 조건을 좁혀가자.

먼저 이 공간의 내부를 확인하자.

이곳은 학교 건물 1층에 있는 신문부실로, 이곳의 명칭은 인쇄 준비실이다. 옆 공간이 인쇄실인데 인쇄실과 이곳 준비실을 연결하는 문은 없다. 복도로 나가면 바로 인쇄실로 갈 수 있어 별문제 없다고 생각한 걸까? 문은 미닫이로 내가 왔을 때부터 활짝 열려 있었다.

문 쪽에서 보면 부실은 폭이 좁고 깊다. 문 정면에는 커튼이 쳐진 창문이 있고 부실 복판에 대형 테이블이 자리 잡고 있다. 깔끔하게 정돈된 대형 테이블 위에는 튀김빵이 놓여 있었다는 하얀 접시뿐이다.

벽 쪽에는 종이 상자와 책장이 놓여 있었는데 전부 종이가 넘쳐났다. 문 쪽에서 볼 때 오른쪽 벽에 하나, 왼쪽 벽에 하나, 정면 창가에도 하나, 교실에 있는 것과 똑같은 종류의 평범한 책상이 놓여 있다. 각각의 책상 앞에는 의자도 있었는데 창가 책상 근처에는 의자가 보이지 않았다. 책상마다 위에 종이나 사진이 흩어져 있었다.

오른쪽 벽 앞에는 화이트보드가 있고 12월 호의 차례로 보이는 글자들이 적혀 있었다. "세계의 연말"이라고 적힌 메인 타이틀과 나란히 "독일의 베를리너"라고 적혀 있는 것이 이번에 문제가 된 튀김빵 게임 기사이리라. 왼쪽 벽에는 아까부터 신경 쓰였는데, 냉장고가 있다. 내 시선을 알아차렸는지 겐고가 물었다.

"왜? 냉장고가 신경 쓰여?"

"그야, 아무래도."

"왜 있는지 아무도 몰라. 전원도 꺼져 있어."

신문부밖에 쓰지 않는 냉장고의 전기세를 학교가 내줄 리 없으니 전원이 꺼져 있다는 건 이상하지 않다. 이상한 건 그렇다면 어째서 여기에 있는가 하는 점이다……. 튀김빵의 수수께끼와 상관있을 것 같지는 않지만.

부실 안은 대강 확인했다. 다시 겐고에게 물었다.

"튀김빵의 모양과 크기를 가르쳐주겠어?"

겐고는 엄지와 집게손가락으로 동그라미를 만들었다. 지름은 오백 엔짜리 동전보다 조금 큰 정도일까.

"이 정도 크기에 공처럼 생겼어. 색은 갈색이고 하얀 가루가 묻어 있었고."

마키시마가 사나운 목소리로 말했다.

"하얀 가루가 아니라 슈거파우더겠지."

"난 그렇게 생각했지만 확실하게 알고 있는 범위에서 대답해달라잖아."

이 우직함에는 언제나 탄복한다. 그건 그렇고.

"아까 주먹만 하다고 하지 않았어? 꽤나 작네."

겐고가 손가락으로 만든 동그라미는 축제 때 노점에서 파는 미니 카스텔라 정도의 크기다.

"아아. 보통은 훨씬 크대. 취재를 부탁한 가게에서 아이들 대상으로 작은 사이즈를 샘플로 만들고 있다고 해서 그걸 나눠 받았거든. 보통 크기면 먹는 도중에 머스터드가 보이니까, 한입에 먹을 수 있는 작은 크기가 낫지. ……예산도 절약할 수 있고."

"그렇다면…… 게임에 사용한 튀김빵은 비매품이구나."

"그런 셈이야."

누군가 손님을 가장하고 같은 크기의 튀김빵을 손에 넣기는 어려웠을 것 같다.

"맛은 여러 가지였어? 초코 맛이라거나 오렌지 맛이라거나."

"……몰라. 테스트 제품이니 시행착오를 겪고 있을지도 몰라. 단정할 수는 없어. 겉보기로는 전부 똑같았어."

"달리 생각나는 점은 없어?"

"튀김빵 바닥, 그러니까 하얀 가루가 묻어 있는 부분의 반대쪽에 작은 구멍이 뚫려 있었어. 추측한 걸 말해도 돼?"

"그럼."

"그 구멍으로 잼을 넣었을 거야. 머스터드도 거기로 넣지 않았을까?"

"그렇군, 그렇겠네."

몬치가 "그렇게까지 신중하게 말할 일이야?"라고 중얼거렸다. 뭐, 보통은 지나치게 에둘러 말한다고 생각하겠지만 내게는 사실과 추측을 엄격하게 구분해주는 겐고가 든든할 따름이다.

튀김빵에 대한 정보는 이 정도일까. 그럼 다음.

"방금 전에 시식한 거지?"

"그래. 4시 반쯤에."

"여기 있는 넷이서 시식했다고 들었는데, 그때 다른 사람은 없었어?"

"시식한 순간에 말이야? 그렇다면 확실하게 우리 넷뿐이었어."

조금 마음에 걸리는 표현이다.

"그때 말고는 다른 사람도 있었다는 뜻?"

"응. 튀김빵을 받아 온 게 2학년 세바 선배거든."

"그 선배는?"

"바로 돌아갔어. 아니, 미안, 나는 못 봤어. 바로 돌아갔을 거야. 밴드를 하는데 오늘은 라이브에 나간다고 했거든. 보컬이었던 것 같아."

"흐음……."

이 학교에는 유별난 사람이 별로 없을 줄 알았는데 신문부와 밴드 보컬을 양립하다니 재미있는 사람이다. 밴드 음악 취향도 궁금했지만 튀김빵의 수수께끼와는 상관없을 테니 생략하자.

"그 세바 선배 말고 이 부실에 들어온 제삼자는 없는 거지?"

겐고가 끄덕거리다가 퉁명스럽게 말했다.

"적어도 나는 못 봤어. 누구 본 사람 있어?"

다른 세 명도 대답은 똑같았다.

이로써 기본적인 상황은 대강 파악했다. 다음 질문도 정해졌지만 용의자들 앞에서는 이야기하기 조금 꺼려졌다.

"겐고, 잠깐 의논하고 싶은데. 복도에서 얘기하자."

"……알았어."

세 사람의 싸늘한 시선을 느끼며 복도로 나가자 겐고도 따라왔다. 저물어가는 가을 햇살에 창밖으로 보이는 하늘이 붉다. 운동장에서 야구부가 금속 방망이로 공을 치는 날카로운 소리가 들려왔다.

"그래서?"

겐고가 짤막하게 묻기에 나도 단도직입적으로 되물었다.

"누구한테 동기가 있어?"

동기가 있든 없든 그것만으로 범인이라고 단정 지을 수는 없지만 역시 물어보지 않을 수 없고, 만에 하나지만 유익한 정보가 나오지 않는다는 법도 없다. 겐고는 눈썹을 찌푸렸다.

"어려운 질문이네."

"추측이라도 괜찮아."

"당연하지. 남의 속마음을 어떻게 알겠어?"

겐고는 팔짱을 끼고 신음했다.

"솔직히 누군가에게 그런 동기가 있을 것 같지는 않아. 그래서 다들 찝찝한 거야."

"꽝을 뽑으면 기사를 써야 하잖아. 그게 싫었던 건 아니고?"

"꽝을 뽑지 않았다고 해서 아무것도 안 쓰는 건 아니야. 단순히 그 사람이 튀김빵 기사를 담당하게 되는 거고, 다른 사람은 다른 기사를 쓸 뿐이지."

"죽어도 튀김빵 기사를 쓰기 싫은 사람이 있었다거나……."

내 어림짐작에 겐고는 고개를 가로저었다.

"강제 참가가 아니었어. 아까 말한 세바 선배는 매운 건 절대 못 먹는다고 거절했고, 부장은 메인 기사를 써야 해서 참가하지 않았어. 1학년 부원이 한 명 더 있지만 그 녀석도 끼지 않았어."

"2학년은 세바 선배하고 부장 두 명뿐?"

"그래."

1학년 다섯 명에 2학년 두 명이라. 학년 구성이 치우친 동아리라고 생각해야 할지, 들어가긴 쉽지만 그만두고 싶어지는 동아리라고 생각해야 할지.

"그 1학년이 참가하지 않은 이유는 뭐야?"

"이다라는 남학생인데 일주일에 한 번 올까 말까 한 유령 부원이거든. 그 녀석이 우연히 부실에 들렀을 때 우리끼리 튀김빵을 먹고 있으면 민망하잖아. 그래서 사전에 이런 취재를 한다고 전하고 참가 여부를 물었어."

"이유 없이 참가하지 않는다는 대답이 돌아와도 이상할 건 없다는 뜻이군."

"응. 사양하겠다고만 했어."

"네가 직접 연락한 거지?"

"같은 반이니까. 오늘 수업이 끝난 후에도 교실에서 얘기했는데 학원 때문에 동아리에는 못 온다고 했어. 현관까지 함께 가서 돌아가는 모습을 봤어."

취재가 자율 참가였다면 꽝을 뽑고 알리지 않는다는 건 역시 이해할 수 없다. 근거도 없이 자기가 꽝을 뽑을 리 없다고 믿고 있다가 막상 걸리자 당황해서 시치미를 뗀 걸까? 설마.

또 한 가지, 겐고에게만 묻고 싶은 게 있었다.

"그래서 내게 말한 이유는 뭐야?"

겐고는 어리둥절한 표정을 지었다.

"이유가 뭐냐니, 무슨 뜻이야? 꽝을 뽑은 게 누군지 어떻게든 알고 싶은 것뿐이야."

그리고 하지 않아도 될 말을 덧붙였다.

"지푸라기라도 잡는 심정으로."

나만 믿으라고 말할 생각은 없지만, 말본새하고는.

"그래, 지푸라기라도 잡는 심정으로 범인을 알아내고 싶은 특별한 이유가 있는 것 아닌가 궁금했던 것뿐이야. 이렇게 말하면 밑도 끝도 없지만 억지로 범인을 찾아내지 않아도 기사를 쓸 사람은 가위바위보 같은 걸로 정하면 되잖아?"

정말 가위바위보로 정하면 나는 조금 아쉽지만, 그것도 한 가지 해결책이기는 하다.

겐고는 짜증스러운 표정으로 내뱉었다.

"꼭 아픈 데를 찌른다니까. 여기까지 말할 생각은 없었지만……."

"뭔가 있구나?"

"아무한테도 말하지 마."

물론이고말고.

겐고가 작게 한숨을 쉬며 팔짱을 꼈다.

"이 기획은 마키시마가 제안했어. 학교 근처에 독일 빵 가게가 문을 열었더라. 거기서 베를리너 판쿠헨을 파는데 독일에서는 그걸로 연말에 게임을 한다는 모양이다, 그렇다면 이걸 기사로 쓰면 어떨까. 기획은 통과됐지만 실은 지금 마키시마랑 몬치 사이가 좋지 않아. 이유는 모르겠지만 냉전 상태라, 그러다 보니 마키시마는 꽝을 뽑은 몬치가 기획을 망치려고 입을 다물고 있는 거라고 생각할지도 몰라. 몬치도 의심을 사고 있다는 걸 알면 불쾌할 테고, 두 사람이 본격적으로 충돌하면 스기는 아마 마키시마 편을 들겠지. 이대로 범인을 알아내지 못하면 신문부가 공중분해될 수도 있어. 이건 보기보다 심각한 문제야."

나는 눈을 휘둥그레 떴다.

"겐고…… 은근히 배려심이 깊구나."

"넌 날 뭘로 보는 거냐?"

사람을 겉보기만으로 판단해서는 안 되지만, 이 험상궂은 도지마 겐고가 그런 배려를 하다니 솔직히 상상도 하지 못했다. 이 점은 조금 반성해야 할지도 모른다.

마지막으로 한 가지만 더 물었다.

"일단 확인 좀 할게. 네가 먹은 튀김빵은 꽝이 아니었지?"

겐고는 순간 눈을 부릅떴지만 바로 침착하게 대답했다.

"그래. 내가 먹은 건 '꽝'이 아니었어."

겐고가 단언하는 정보는 사실이라고 믿는다. 그것이 오늘 내가 따르는 전제다. 그 전제에 따르면 이제부터 아무리 상황이 복잡해져도 겐고만큼은 '꽝'을 먹지 않았다는 결론이 나온다.

남은 건 세 사람.

부실로 돌아가자 세 사람은 여전히 대형 테이블을 에워싸고 파이프 의자에 앉아 있었다. 의자는 하나 더 있었지만 내가 앉는 것도, 겐고가 앉는 것도 이상한 것 같아 우리는 그냥 서 있었다. 가시 돋친 시선을 무시하며 나는 한결 밝게 행동했다.

"겐고한테 들었어. 2학년은 두 명뿐이고, 1학년은 한 명 더 있다면서?"

사실은 더 많은 이야기를 들었지만 물론 말하지 않았다. 새삼 관찰해보니 확실히 마키시마와 몬치는 눈도 마주치려 하지 않았고, 스기는 두 사람의 안색을 살피며 어쩔 줄 몰라 했다.

대꾸할 가치도 없다는 듯이 마키시마가 물었다.

"그런 걸 물어봤자 무슨 소용이야? 난 꽝을 뽑은 게 누군지만 알고 싶어."

"'범인'에 대해서는 아직 할 수 있는 말이 없어."

흥, 콧방귀를 뀐다. 그 태도가 분한 건 아니지만 나는 말을 이었다.

"하지만 어느 정도 짐작은 가. 지금 단계에서는 범인이 자백하지 않는 이유를 크게 세 가지로 볼 수 있어."

"세 가지?"

나는 집게손가락을 세웠다.

"첫 번째. 튀김빵 안에는 처음부터 머스터드가 들어 있지 않았다. 그래서 아무도 꽝을 뽑지 않았다."

"그런 억지가……!"

항의하려는 마키시마를 무시하고 이번에는 가운뎃손가락을 세웠다.

"두 번째. 머스터드는 들어 있었지만 먹은 사람이 그것을 깨닫지 못했다."

스기가 고개를 갸웃거렸다.

"다들 꼭꼭 씹어 먹었는데……?"

대형 테이블을 에워싼 세 사람을 둘러보며 마지막으로 약손가락을 세웠다.

"세 번째. 이 중 누군가 꽝을 뽑았지만 말하고 싶지 않은, 숨은 동기를 갖고 있다."

"숨은 동기라고?"

민감하게 반응한 건 몬치였다.

"어떤 동기를 상정하고 말하는 건지 들어볼까?"

"그건 모르겠지만 가령…… 범인은 대단한 미신 신봉자라 자기가 머스터드 빵을 뽑았다는 사실을 받아들일 수 없었다거나."

"장난해?"

"남의 속마음을 헤아릴 수는 없으니까."

조금 전 겐고를 흉내 내어 그렇게 말하자 몬치는 투덜거리면서도 물러났고, 겐고는 떨떠름한 표정을 지었다.

똑바로 세운 세 손가락을 바라보던 나는 응당 검토해야 할 가능성이 한 가지 더 남아 있다는 사실을 깨달았다. 네 번째 손가락을 세웠다.

"또 한 가지, 외부인이 범인일 가능성도 있지."

겐고가 즉각 반응했다.

"그럴 리 없어. 우리는 네 사람이고 튀김빵은 네 개였어. 외부인이 범인이라고 한들 아무것도 못 해. ……설마 머스터드 빵을 일반 튀김빵과 바꿔치기했다는 말은 하지 마. 아까도 말했지만 튀김빵은 비매품이었어."

몬치도 혀를 차며 말했다.

"난 여기서 계속 원고를 쓰고 있었어. 화장실에도 가지 않았고. 누가 왔다면 알았을 거야."

"여기서라면 바로 그 자리에서?"

대형 테이블 앞에 앉아 있는 몬치는 짜증스럽다는 듯 손을 젓더니 창문 쪽을 가리켰다. 확실히 창문 근처에 책상은 있지만 의자가 없다.

"저 자리야. 누가 들락거리면 모를 리 없잖아."

"의자가 안 보이는데."

스기가 조심스레 끼어들었다.

"지금 나하고 마키시마가 쓰고 있어."

이어서 겐고가 단언했다.

"내가 왔을 때 몬치는 분명 원고를 쓰고 있었어."

의심하는 건 아니지만 겐고의 기억을 확인해보았다.

"몬치는 부실 안쪽을 바라보고 앉아 있었어? 아니면 창문 쪽을 바라보고 있었어?"

"어느 쪽도 아니었어. 창문을 옆으로 바라보는 자세로 앉아 있었어. 내가 들어가니 바로 이쪽을 봤고."

망설임 없는 대답이다. 뒤이어 마키시마가 성질을 냈다.

"만약 외부에서 누가 왔대도 말없이 멋대로 책상 위의 음식을 먹을 리가 없잖아, 상식적으로."

상식적으로 생각하면 누가 머스터드 빵을 먹었는지 모르는 사태가 발생할 리가 없다……. 그렇게 반박하고 싶었지만 마키시마의 말에도 일리가 있다. 설사 오사나이라 해도 다른 부실에 놓여 있는 과자를 무단으로 집어 먹지는 않으리라.

"튀김빵은 네 개뿐이었고 출입을 파악하고 있었던 이상, 누군가 멋대로 다른 동아리 부실 책상 위에 놓인 음식을 먹지는 않았을 거란 말이지. 이미 부정당했지만 그 밖에 외부 범인설을 부정할 근거가 있다면 말해줘."

겐고는 곰곰이 생각하다가 단언했다.

"아니, 그 세 가지가 전부야. 부족해?"

"설마. 외부 범인설은 취하할게."

두 손으로 대형 테이블을 짚으며 말했다.

"그럼 역시 이 안에 꽝을 뽑은 사람이 있다는 뜻이야. 숨은 동기는 나중에 생각하고, 일단 머스터드와 관련된 사실 관계만이라도 확인해볼까?"

"머스터드는 들어 있지 않았다는 가설하고 머스터드가 들어 있다는 걸 깨닫지 못했다는 가설 말이야?"

겐고가 의아하다는 듯이 중얼거렸다.

"전자는 그럴 리 없다고 단언하기 어려운가. 하지만 후자는 불가능하지 않아?"

"머스터드는 의외로 맛이 강렬하지 않거든. 범인은 뭔가 착각해서 튀김빵이 원래 그런 맛이라고 생각했을지도 몰라. 머스터드는 가게에서 넣어준 거야?"

그건 스기가 답해주었다.

"아, 아니야. 편장 선배가 가정과 동아리에서 넣어 왔어."

"편장? 이름이야?"

"어, 그게 아니라 편집장. 세바 선배야."

세바 편집장 밴드 보컬 선배인가. 편집장과 부장이 다르다는 것도 조금 재미있다. 신문부 인사人事를 음미하며 더 물어 보았다.

"그럼 잼 대신 머스터드를 넣은 게 아니라 잼이 든 빵에 머스터드를 더 넣은 거네."

스기가 고개를 끄덕였다. 맛이 이상해졌겠군…….

"가정과 동아리에 확인해볼 필요가 있겠어. 그리고 이 접시는 신문부 비품이야?"

겐고가 고개를 갸웃거렸다.

"아니야. 추측이지만 가정과 동아리에서 빌려 온 것 아닐까?"

"그것도 확인해보자. 지금은 맛이 어땠는지 종이에 써보면 어떨까? 다른 사람 걸 참조하지 못하도록 각자 튀김빵이 어떤 맛이었는지 써서 대조해보는 거야. 한 사람만 명백하게 머스터드 같은 맛의 감상을 쓴다면, 그 사람이 자각 없이 꽝을 뽑았다고 보면 되겠지."

마키시마가 고개를 돌리고 머리카락을 매만지고 있다.

"그럼 그러자."

제안을 선뜻 받아들였다는 건 조금은 인정해줬다는 뜻이겠지.

"겐고, 가정과 동아리 부실은 역시 가정 실습실인가?"

"응. 네가 갈 거야?"

"너희가 맛에 대한 감상을 쓰는 동안 할 일이 없으니까. 다녀올게."

"미안해. 부탁한다."

겐고는 그렇게 말하고 살짝 고개를 숙였다.

3

가정 실습실은 신문부 부실과 마찬가지로 1층에 있다. 이 삼 분 만에 도착했다.

싱크대와 조리대가 늘어선 가정 실습실에는 호불호를 가리기 어려운 독특한 냄새가 있다. 널찍한 공간의 구석에서 체육복을 입은 한 남학생이 서서 식칼을 갈고 있었다. 문을 여는 소리로 내가 들어왔다는 걸 알 텐데 이쪽을 쳐다볼 생각도 하지 않고 쓱싹쓱싹 숫돌에 칼을 갈고 있다. 몇 학년인지 몰라서 정중하게 말을 걸었다.

"죄송합니다. 잠깐 괜찮으세요?"

남학생은 손길을 멈추고 느릿하게 고개를 들었다. 험상궂은 얼굴을 짜증스럽다는 듯이 찌푸리며 초대받지 못한 손님인 나를 노려보았다.

"뭐야?"

으음, 뭐라고 자기소개를 할까.

"신문부에서 왔습니다."

거짓말은 아니다.

그러자 갑자기 남학생이 환하게 웃었다. 장난스러운 미소를 보건대 처음에 짜증스러운 기색이었던 건 단순히 칼을 다루느라 집중하고 있었기 때문인지도 모른다. 식칼을 내려놓고 행주로 손을 꼼꼼히 닦는다.

"그래. 어떻게 됐어?"

"무슨 말인지?"

"베를리너 때문에 온 것 아니야?"

사정을 알고 있는 모양이다. 그렇다면 얘기는 빠르다. 신문부에서 벌어진 일을 어디까지 설명할지 망설였지만 겐고도 딱히 숨길 문제는 아니라고 했고, 질문을 하면서 이쪽 정보는 감추는 건 공정하지 못한 것 같아 대강 설명하기로 했다.

"그렇긴 한데, 실은 신문부에서 튀김빵을 먹었는데 아무도 머스터드 빵을 먹지 않았다는 거예요. 그래서 정말 머스터드가 들어 있었는지 확인하려고 찾아왔습니다."

남학생은 실실 웃었다.

"머스터드는 안 넣었어."

어어?

"어떻게 된 거죠?"

다급하게 묻자 남학생은 조금 의아한 표정을 지었다.

"사정을 제대로 설명 안 해준 모양이네."

"실은 그래요. 세바 선배가 가정과 동아리에 머스터드를 넣어달라고 부탁했다던데 아닌가요?"

"아아, 아니야. 그래, 음, 처음부터 설명할까?"

그러더니 남학생은 가까이 있던 의자를 빼더니 내게도 앉으라고 권했다. 말에 따르자 그는 그렇게 복잡한 사정은 아니라고 단서를 두었다.

"어제 세바가 베를리너에 머스터드를 넣어달라고 부탁하더라고. 나도 그럴 생각이었는데 실제로 베를리너를 가져온 세바에게 속에 넣을 머스터드로 홀그레인 머스터드가 나은지 옐로 머스터드가 나은지 물었더니 어느 쪽이든 상관없으니 매운 걸 넣어달라는 거야. 난처했지, 둘 다 별로 안 맵거든."

사실 그 점은 계속 마음에 걸렸다. 세바 선배는 "매운 건 절대 못 먹는다"고 튀김빵 시식에 참가하지 않았다는데, 내 기억에 머스터드는 독특한 풍미와 산미가 있기는 하지만 그리 매운 소스는 아니다.

"그래서 머스터드를 넣고 싶은 건지 매운 소스를 넣고 싶은 건지 정해달라고 했더니 세바 녀석 조금 고민하다가 매운 소스를 넣어달라더라고. 그래서 그렇게 했지."

"매운 소스라니 뭔가요?"

"타바스코야. 그것도 엄청 매운 거."

남학생은 일어나더니 가정 실습실 뒤쪽에 있는 선반에서 검은 병을 가져왔다.

"타바스코는 상품명이니까 정확히 말하면 이건 핫 페퍼 소스야. 세상의 핫 페퍼 소스 중에서 최고로 매운 건 아니지만 내가 조미료라고 생각하는 범위 안에서는 제일 매워."

병에 붙은 새빨간 라벨에는 영어가 아닌 글자가 알파벳으로 적혀 있다. 무슨 뜻인지는 모르겠지만 해골 그림으로 보아 위험할 정도로 맵다는 점을 호소하는 글이겠거니 생각했다.

"그 소스를 튀김빵에 뿌렸나요?"

"그러면 대번에 들통나잖아. 베를리너를 작은 접시에 담고 잼을 넣는 구멍에 스포이트로 주입했어. 두세 방울이었지만 효과는 상당했을 거야."

튀김빵에 들어 있었던 건 머스터드가 아니라 타바스코였다……. 그것이 범인 추리에 어떤 영향을 끼칠까? 혹은 아무 변화도 없을까? 이건 의외로 까다로운 사건일지도 모른다.

"……조금 더 질문해도 될까요?"

남학생은 손을 펼쳤다. 무엇이든 물어보라는 뜻의 몸짓이리라.

"세바 선배는 어쨌거나 처음에는 머스터드를 넣어달라고 부탁했던 거죠? 어제 선배가 직접 여기에 와서 말했나요?"

"그래. 자기 용건만 실컷 떠들고 가버리는 바람에 어떤 종류의 머스터드를 원하는지는 못 물어봤어."

"그리고 오늘 튀김빵을 들고 다시 왔고요."

"응. 정확히 말하면 비닐봉지였어. 손잡이가 달린 비닐봉지에 종이봉투가 들어 있었고, 그 종이봉투 안에 베를리너가 들어 있었어."

벽시계를 보니 5시가 조금 넘었다.

"그게 몇 시쯤이었죠?"

답하기 어려운 질문일 줄 알았는데, 남학생은 시원스레 대답했다.

"4시였어."

"……용케 기억하시네요."

"4시쯤에 온다고 했고 그 말대로 왔으니까. 그야 기억하지."

수업과 종례가 모두 끝나면 대강 3시 반이고, 독일 빵 가게는 학교 근처에 있다고 했으니 왕복 삼십 분은 부자연스러운 시간이 아니다.

“타바스코를 넣은 건 누구였어요?”

“나야. 내가 타바스코를 준비하는 사이 세바는 식기 선반을 뒤지고 있었어. 종이봉투를 열어 젓가락으로 베를리너 한 개를 작은 접시에 옮겨 담았고, 잼 구멍에 스포이트로 타바스코를 넣은 다음 종이봉투에 도로 넣었어. 내가 작은 접시를 씻는 사이 세바가 접시를 꺼내 와서 종이봉투 속 빵을 거기로 옮겼고.”

그 모습을 상상해보았다.

“……그 접시는 학교 비품이죠? 마음대로 써도 되는 건가요?”

“당연히 안 되지.”

“엉망이네요.”

“그러게…….”

이 사람에게도 고충이 있을 것 같다. 그건 그렇고.

“그렇다면 혹시 세바 선배도 어느 게 꽝인지 몰랐다는 뜻인가요?”

남학생이 웃었다.

“그랬겠지. 본인도 뭐가 꽝인지 모르겠다고 했어.”

나는 내심 세바 선배라면 아무도 꽝을 뽑지 않는 상황을 쉽게 만들 수 있다고 생각하고 있었다. 가게에서 튀김빵을 한 개 더 받아 와서 가정과 동아리에서 타바스코를 넣은 빵은 몰래 버리면 된다. 동기는 전혀 상상이 안 되지만 행위로만 따지면 가능한 일이다.

하지만 듣자 하니 선배도 어느 게 꽝인지 몰랐다고 한다. 그 상태로 튀김빵을 하나 버리고 숨겨두었던 여분을 끼워 넣는다는 건 아무 의미도 없는 행동이다. 세바 선배가 조작했을 가능성은 머릿속에서 지우는 게 낫겠다.

"접시에 담겨 있던 튀김빵은 봤어요?"

별생각 없이 물었는데 남학생은 당혹스러운 표정을 지었다.

"힐끔 본 게 다야. 자세히 보진 않았어."

"그럼 놓여 있던 모양이나 몇 개 있었는지는?"

"미안, 모르겠어. 그게 문제가 돼?"

잠깐 고민했다. 물어볼 수 있는 건 전부 물어보고 싶었지만 보지 않았다면 어쩔 수 없지.

"……아뇨, 딱히. 종이봉투와 비닐봉지는 어땠나요?"

"세바가 두고 가서 내가 버렸어. 볼래?"

고개를 끄덕이자 남학생은 휴지통에서 두 개의 봉투를 꺼내 왔다. 비닐봉지는 가게 이름 같은 것도 없는 반투명 재질. 종이봉투에는 "독일 빵 가게 당케당케"라고 적혀 있고 기름이 조금 묻어 있었다. 그 밖에 딱히 주목할 만한 점은 없다.

"한 가지 더. 세바 선배는 내용물이 머스터드가 아니라 타바스코라는 걸 알고 있었던 거죠?"

하지만 이번 대답은 의외였다.

"모를 거야. 일부러 말하지 않았어."

"어? 왜요?"

"서프라이즈로. 세바는 세상에는 조금 매운 머스터드가 있고, 내가 그걸 넣어줬다고 믿고 있을 거야."

오호라, 어쩐지 신문부라는 말을 듣고 웃더라니. 장난의 결과가 궁금했던 것이리라. 혹시 모르니 마지막으로 물어보자.

"꽝을 뽑은 사람이 없었던 이유는 짐작이 가나요?"

"아니. 모르겠어. 나는 타바스코를 넣었고, 그걸 먹고도 아무 반응이 없었다는 건 믿을 수가 없어."

상당히 매운가 보다.

나는 손에 쥔 검은 병을 살짝 들어 올렸다.

"이거 좀 빌려도 될까요? 신문부 사람들한테 보여주고 싶어서요."

남학생은 손을 살랑살랑 흔들었다.

"괜찮아, 맛도 봐도 돼. 한 시간 정도는 여기 있을 테니 그 전에만 접시하고 같이 돌려줘."

그리고 조금 진지한 얼굴로 이렇게 말했다.

"노파심에 말하는데 눈에 들어가지 않도록 조심해. 병원 신세 질라."

타바스코가 눈에 들어가는 상황도 상상하기 어려웠지만 그렇게 위험한 걸 가정과 동아리에서는 어떻게 사용하고 있는지 영 짐작이 가지 않았다.

신문부 부실로 돌아가니 문은 여전히 활짝 열려 있었다. 내가 있는 동안에는 계속 서 있었던 겐고도 의자에 앉아 있었다. 대형 테이블을 에워싼 네 사람 앞에는 작은 종이가 각각 한 장씩 놓여 있었다.

"고생했어, 조고로. 어땠어?"

훑어봐도 내 자리는 보이지 않았다. 뭐, 겐고가 부탁한 일이지만 나는 내부 문제에 끼어든 외부인이므로 의자가 없는 것쯤 어쩔 수 없는 일이다. 게다가…… 뭐랄까, 서서 말하는 게 멋진 느낌이 든다. 손에 든 검은 병을 슬그머니 등 뒤로 숨겼다.

"세바 선배가 가정과 동아리에 간 건 사실이야. 시각은 4시,

부탁을 받아 튀김빵에 장난을 친 부원도 만났어."

튀김빵에 든 게 타바스코라는 사실은 아직 비밀이다. 책상에 놓인 네 장의 종이에는 맛에 대한 감상이 적혀 있을 테니 그것을 본 다음에 말하는 게 낫다.

"어떤 맛이었는지 이미 비교해봤지?"

그렇게 묻자 겐고는 조금 퉁명스럽게 대답했다.

"네 아이디어니까, 네가 돌아온 다음에 확인하려고 기다리고 있었어."

무심결에 기쁘다고 생각하고 말았다.

"거참, 뭐라고 해야 하나, 신경 써줘서 고마워. 기다리게 해서 미안해."

"내가 아니라 스기가 그러자고 했어."

시선을 돌리자 스기는 어깨를 움츠렸다.

나를 기다려줬다면 더 시간을 끌면 안 되겠지.

"얼른 볼까?"

그렇게 말하자 신문부 네 사람은 각자 앞에 놓인 종이를 뒤집었다.

겐고는 "예상보다 달았다. 블루베리 잼인가?"

마키시마는 "가벼운 식감 속에 잼의 농후한 단맛. 두 종류

베리를 섞었을지도."

몬치는 "엄청 달다. 손에 기름이 묻었다."

스기는 "달콤하고 무척 맛있었다. 잼이 상당히 많았다."

"이건…… 없네."

"없네. 다시 말해서……."

그 말이 뜻하는 결론을 눈치챘는지 겐고는 입을 다물었다.

'다시 말해서' 다음은 이렇게 이어진다. 꽝을 뽑은 사람이 눈치채지 못했을 가능성은 거의 사라졌다. 신문부원 중 누군가 꽝을 뽑았다면 그 누군가는 자기가 걸렸다는 사실을 명백히 자각한 상태에서 그 사실을 숨기려고 거짓 감상을 쓴 것이다.

대형 테이블을 사이에 두고 신문부원들의 시선이 뒤엉켰다. 불신감은 있지만 그 이상으로 당혹스러워했던 방금 전까지의 분위기는 사라지고 보다 직접적인 의심의 눈초리로 상대를 뚫어져라 쳐다보고 있었다.

마키시마가 입을 열었다.

"판쿠헨이 달다는 건 처음부터 아는 사실이잖아."

맛을 구체적으로 묘사하지 않은 몬치가 거짓말을 하고 있다고 주장하는 것이다. 하지만 그 비난에 해당되는 건 몬치만이 아니었다. 스기가 고개를 번쩍 들고 날카롭게 외쳤다.

"맛있었으니까 맛있었다고 쓴 것뿐이야!"

마키시마는 예상치 못한 방향에서 날아든 반론에 당황했는지 머뭇거렸다.

"스기가 그렇다는 게 아니야."

하지만 그 말에는 당연히 몬치가 잠자코 있지 않았다.

"스기가 아니면 누가 그렇다는 거야? 나야?"

실실 비웃는다.

"나로서는 그렇게 작은 튀김빵 하나만 먹어보고 베리류 잼인 줄 안다는 걸 더 못 믿겠는데. 전에도 먹어본 적 있는 것 아닌가 의심스러울 정도로."

튀김빵을 기사로 다루자고 말한 건 마키시마니 당연히 그녀는 취재를 시작하기 전부터 학교 근처의 빵가게에서 독일식 튀김빵을 판다는 사실을 알았다는 뜻이 된다. 그렇다면 원래 어떤 맛인지 알고 있었어도 이상할 것 없고 위장하기도 쉽다……. 그런 논리다. 말은 되지만 이 논리도 마키시마 한 사람에게만 적용되는 게 아니다.

"못 믿겠다고 할 정도인가? 누가 봐도 베리 잼이었는데."

팔짱을 낀 겐고가 끼어들었다.

"나도 베리라고 생각했어. 쓰지 않았을 뿐이야."

스기도 그렇게 얼른 덧붙였지만 그것은 어설픈 변명이었

다. 아니나 다를까 마키시마가 반박했다.

"그렇게 생각했으면서 왜 안 썼어?"

"그야…… 확신은 없었으니까."

"베리 잼일지도 모른다고 쓰면 됐잖아."

"내가 거짓말을 썼다는 거야? 내가 그런 짓을 왜 해!"

그렇다, 스기에게는 동기가 없다. 물론 그렇게 따지면 동기가 있다고 추측할 수 있는 건 몬치지만 굳이 의심해본다면 몬치와 마키시마의 대립을 부추기려고 스기가 거짓말을 했다고 볼 수도 있고, 사실은 신문부에 원한이 있던 마키시마가 부원들이 서로 의심하도록 만들어 해체로 몰아넣기 위해 연기를 하고 있다고 생각해볼 수도 있다.

요컨대 동기는 생각해봤자 시간 낭비다. 낮은 가능성부터 착실하게 지워가는 게 낫다.

"사실 튀김빵에 들어 있었던 건 머스터드가 아니었어."

그렇게 말한 순간 네 사람이 깜짝 놀란 눈으로 일제히 나를 쳐다보았다. 과거에 이 순간의 환희가 나를 망쳤다. 지금은 냉담한 기분으로 등 뒤에 숨기고 있던 검은 병을 대형 테이블에 달칵 내려놓았다.

"타바스코였어. 세바 선배는 가정과 동아리에 매운 머스터드를 넣어달라고 부탁했지만 머스터드는 그 정도로 맵지 않아서 가정과 동아리는 머스터드를 넣고 싶은 건지 매운 소스를 넣고 싶은 건지 정해달라고 했대. 세바 선배는 매운 소스를 넣어달라고 부탁했고, 가정과 동아리는 이 타바스코를 골랐어. ……엄청 맵다더라."

신문부 네 사람은 저마다 곤혹스러운 표정을 지었다. 이윽고 겐고가 물었다.

"그건 놀랍지만…… 그러면 뭔가 상황이 달라져?"

"딱히 달라진 건 없지만 사용한 타바스코를 빌려 왔으니 간단한 실험을 해볼 수 있어. 겐고, 나는 아직 범인이 꽝을 뽑았다는 사실을 자각하지 못했을 가능성이 제로는 아니라고 생각해."

겐고가 눈썹을 꿈틀거리더니 대형 테이블에 놓인 네 장의 종이에 시선을 던졌다.

"무슨 뜻이야?"

"미각 장애라는 게 있어. 범인이 타바스코 맛을 느끼지 못했을 가능성이 있어. 그렇다면 조기에 발견할 수 있어서 다행이라는 결론으로 끝날지도 몰라."

마키시마가 나직하게 신음했다.

"……솔직히 그런 가능성은 생각도 못 했어."

반면 몬치는 회의적이다.

"모두 단맛은 느꼈잖아. 타바스코 맛만 못 느끼는 증상이 있을까?"

나는 솔직하게 답했다.

"몰라."

"그럼 너……."

"그러니까 실험해보면 어떨까? 타바스코를 살짝만 맛보는 거야."

스기가 바로 질색했지만 다른 세 사람은 눈씨름만 하는 것보다는 낫다고 생각한 모양이다. 나지막하게 속닥거린다.

"……어쩔 수 없네."

"뭐, 그러네."

"마냥 이러고 있는 것보다야."

어쨌거나 해보자는 쪽으로 결론이 났다.

겐고가 일어나더니 종이에 파묻힌 부실을 기웃거리며 뭔가를 찾기 시작했는데, 좀처럼 못 찾겠는지 고개를 갸웃거렸다. 나머지 세 사람이 꼼짝도 하지 않는 것으로 보아 그들도 겐고가 무엇을 찾는지 모르는 모양이다.

"뭐 해?"

그렇게 묻자 겐고는 산더미 같은 종이를 좌우로 헤집으며 대답했다.

"병을 핥을 수는 없잖아. 이 주변에 종이 접시가 있었는데."

마키시마가 엉거주춤 일어섰다.

"아, 종이 접시가 있었지. 어디다 뒀더라."

그러자 스기가 대번에 대답했다.

"냉장고 위."

냉장고와 가장 가까이 있던 내가 살펴보니 정말 세트로 파는 종이 접시가 포장 비닐에 든 채로 놓여 있었다. 집으려고 다가가자 냉장고 위에 나무 쟁반도 보였다. 개별 포장된 사탕과 캐러멜, 초콜릿이 담겨 있고 메모지가 셀로판테이프로 붙어 있었다. 메모에는 갈겨 쓴 글씨로 "설문지는 이 상자에 넣어주세요. 이 과자는 보답이니 마음껏 가져가세요"라고 적혀 있다.

"사탕 같은 게 있는데?"

겐고가 미소를 지으며 대답했다.

"맞아. 거기에 적혀 있는 대로 설문지를 제출해준 학생들에게 주는 소소한 보답이야."

"나도 설문지를 제출했지만 못 받았는데."

"그랬지, 참. 아무거나 가져가도 돼."

딱히 필요한 건 아니지만 뭔가 허술한 동아리네. 다시 집중해서 종이 접시를 네 개 꺼내 네 사람 앞에 하나씩 놓았다. 겐고도 의자로 돌아가 검은 타바스코 병을 들더니 흥미진진한 듯 자세히 들여다보았다.

"진짜 매워 보이네."

"라벨이 영어가 아니더라. 못 읽겠어."

"12살 이하 어린이는 조심하라는데."

깜짝이야.

"읽을 수 있어? 어느 나라 말이야?"

겐고는 진중하게 병을 대형 테이블 위에 내려놓았다.

"농담이야."

내가 도지마 겐고한테 속았다고……?

겐고가 자기 앞 접시에 타바스코를 한 방울 떨어뜨렸다. 병을 옆으로 돌려 금방 준비를 끝냈다. 스기가 종이 접시 위로 고개를 숙여 냄새를 맡았다.

"……꽤 자극적인 냄새가 나."

스기를 따라 나머지 세 사람도 붉은 액체에 얼굴을 들이댔다. 마키시마가 바로 콜록거리며 고개를 홱 돌렸다. 한바탕 기침을 하더니 숨을 헐떡거리며 말했다.

"정말이야, 독해."

"냄새가 그 정도야?"

내가 그렇게 물은 것은 절대 호기심 때문이 아니다. 질문의 의미를 겐고가 눈치챘다.

“얼굴을 들이대고 냄새를 맡으면 당연히 그렇지. 다만 판쿠헨 속에 들어 있었어도 냄새로 알았을 거라고 자신 있게 말할 정도로 강하진 않아. 시식했을 때도 냄새를 꼼꼼히 맡은 녀석은 없었어. ……그런 짓을 하면 슈거파우더가 코에 들어갈 것 같았고.”

단서가 될까 싶었는데 그리 쉽게 풀리지는 않을 모양이다.

스기는 울음이라도 터뜨릴 기색이었다.

“이걸 핥아먹으라고……?”

어쩐지 얼어붙은 표정의 몬치가 말만큼은 단호하게 했다.

“안 그러면 답답한 채로 있어야 해. 먹어보자.”

그렇지만 혀를 내밀어 접시를 핥는 건 흉하니 요리사가 흔히 하듯 손가락으로 떠먹는 수밖에 없다는 결론이 나와, 신문부 네 사람은 손을 씻으러 부실 밖으로 나갔다.

나는 안 먹어봐도 되나 불안했지만 아무도 함께 고통을 분담하라고 강요하지 않았다. 이대로 모르는 척하자.

네 사람이 화장실에서 돌아와 원래 자리에 앉았다. 실험에 앞서 주의할 점을 알려줘야겠지.

"가정과 동아리 남학생이 그랬는데 절대 눈에 들어가지 않도록 조심하래. 타바스코를 만진 손가락으로 눈을 건드리는 것도 위험할 거야."

스기가 또 중얼거렸다.

"이걸, 정말, 핥아먹으라고……?"

독일식 튀김빵을 이용한 소소한 게임을 즐기려고 했는데 어느새 엄청 매운 타바스코를 핥아먹게 되었으니 스기의 심경을 헤아리면 불쌍해서 할 말이 없다.

겐고가 숨을 한껏 들이쉬었다.

"좋아. 그럼 단숨에 시작할까. 조고로, 신호해줘."

어째서 내가? 하지만 겐고가 나서는 것보다 외부인이 하는 게 나을지도 모른다. 스기에게 원망을 살 것 같긴 하지만. 왠지 그래야 할 것 같아 손을 들었다.

"음, 그럼, 준비!"

네 사람이 저마다 다른 타이밍으로 손가락을 종이 접시에 뻗었다.

"……드세요!"

적절한 말이 바로 떠오르지 않아 이상한 구령을 붙이고 말았다. 네 사람이 타바스코를 손가락으로 떠서 입으로 가져갔다.

일이 초 정도, 침묵이 흘렀다.

그리고 솟구치는 비명과 신음, 항의의 외침을 듣고, 어째서 이런 일이 벌어졌는가 하는 비애와 분노를 지켜보며 내가 저 소용돌이 속에 없다는 행운에 오로지 감사했다. 겐고는 요란하게 콜록거렸고, 마키시마는 얼굴이 새빨개졌으며, 스기는 "그래서 싫었는데!"라고 울먹거렸고, 몬치는 물을 찾아 부실을 가로질렀다. 매섭게 쏘아보는 마키시마가, 원망스럽게 눈을 치켜뜨는 스기가 다음은 네 차례라고 말할 것만 같아 나도 몬치를 따라 나가고 싶었다.

"아니, 이거 정말 매운데!"

너무 매워 정신이 나갔는지 실실 웃는 겐고는 목소리까지 어딘가 이상했다.

"못 참을 정도로 매워?"

"참아? 이걸 참는다고? 하하하, 조고로, 불가능해!"

급기야 껄껄 웃기 시작했다. 가만히 내버려두자. 한편 마키시마는 얼굴을 찌푸리고 못 참겠다는 듯이 격분을 토해냈다.

"기가 막혀, 가정과 동아리는 이런 걸 넣었어?!"

스기가 눈물을 글썽거리며 자리에서 일어났다.

"나, 나도, 물……."

그렇게 말하며 비틀비틀 부실에서 나갔다.

실험 결과, 세 가지 사실을 알아냈다. 먼저 가정과 동아리가 제공해준 타바스코는 굉장히, 굉장히 맵다는 점. 그리고 또 한 가지는 그 매운맛을 느끼지 못하는 신문부원은 없었다는 점. 마지막 한 가지, 확실하게 말할 수 있는 '명백한 결론'을 얻을 수 있었다. 하지만 그 '명백한 결론'은 현재 상황과 크게 모순된다. 아무리 고민해도 이런 일이 벌어질 리가 없는 것이다. ……이 튀김빵 사건은 보기보다 복잡할지도 모른다. 나는 팔짱을 끼고 한 손을 올려 턱에 엄지손가락을 대고 말했다.

"겐고. 아무래도 처음부터 상황을 정리하는 게 좋겠어. 몇 가지 묻고 싶은데 괜찮아?"

하지만 겐고는 손바닥으로 혀를 부채질하며 여전히 웃음기 있는 눈으로 나를 올려다볼 뿐, 대답할 기미가 없었다. 실험으로 판명된 사실은 그 밖에도 있었다. 아무래도 이 타바스코의 타격은 상당히 오래 지속되는 모양이다.

4

물을 마시러 갔던 두 사람이 돌아와 검토가 재개될 줄 알았는데 몬치가 맥없이 말했다.

"그만 됐잖아. 누구면 어때? 빵 한두 개 때문에 이렇게 유난 떨지 않아도, 뭔가 이상한 일이 있었겠지. 별일도 다 있다고 생각하고 그만 돌아가자."

일리 있는 제안이지만 그래서야 기사를 기획한 마키시마가 잠자코 있지 않을 것이다. 아니나 다를까 마키시마가 눈썹을 잔뜩 치켜세우며 당장이라도 반론하려고 입을 열었지만 스기가 그보다 먼저 날카로운 소리를 질렀다.

"이제 와서 무슨 소리야! 그럴 거면 타바스코를 먹기 전에 말해! 지금 그만두면 무엇 때문에 그런…… 바보 같잖아!"

눈은 새빨갛고 목소리도 떨렸다. 확실히 퇴각 판단을 내리기에는 너무 늦었다. 독을 먹으려면 접시째, 타바스코를 먹었다면 진상까지. 나는 다시 겐고에게 물었다.

"이 튀김빵을 기사로 다루자고 말한 건 누구였어?"

대답은 알고 있지만 우리끼리 있을 때 주고받은 대화는 다른 신문부원들에게 별로 기분 좋은 일이 아닐 테니 일부러 다시 물었다. 겐고도 의도를 눈치챘는지 왜 또 묻느냐고 따지지는 않았다.

"마키시마야. 학교 근처에 독일 빵 가게가 생겼는데 거기서 판쿠헨을 파는 걸 보고 편집회의 때 제안했어."

정말 하고 싶은 질문은 지금부터다.

"그런데 왜 세바 선배가 받으러 간 거야?"

이렇게 말하면 뭐하지만 1학년들의 기획을 위해 2학년인 세바 선배가 심부름을 하다니 조금 이상했다.

"알다시피 선배는 매운 걸 못 먹는다며 기획에서 빠졌어. 게다가 라이브를 앞두고 동아리를 빠지는 날이 많아진 것도 미안했던가 봐. 그 정도는 돕게 해달라며 판쿠헨은 자기가 받아 오겠다고 했어."

마키시마가 옆에서 끼어들었다.

"덜렁이 같지만 남들을 잘 돌봐주는 사람이야. 항상 우리를 도와줘."

겐고가 끄덕거렸다.

"맞아. 기사 문장 때문에 고민하고 있으면 자기 일을 중단하고서라도 반드시 조언을 해줘. 선배한테는 많이 배웠어."

재빨리 둘러봤지만 몬치와 스기의 표정에도 딱히 변화는 없었다. 물론 단언할 수는 없지만 세바 선배에 대한 숨은 반감은 없는 것 같다.

이렇게 되면 자잘한 상황들을 일일이 확인하는 수밖에 없다. 우선 튀김빵의 이동 경로를 확인하자.

"선배는 오늘 방과 후에 빵가게에 가서 튀김빵을 받아 온 거지?"

"그래."

"뒷받침할 증거는 있어?"

몬치가 옆에서 비아냥거렸다.

"뒷받침할 증거라니, 선배가 받아 온 게 아니면 여기에 빵이 왜 있어?"

"뭐, 확인차 묻는 거야. 어제 받아 왔을지도 모르잖아. 밝힐 수 있는 사실은 전부 밝혀내고 싶어."

겐고가 고개를 가로저었다.

"오늘 세바 선배가 가지러 가겠다고 약속했어. 그 튀김빵은 테스트 제품이야. 가게도 매일 만드는 건 아니겠지."

"점원은 세바 선배 얼굴을 알고 있었을까?"

"알아. 나하고 세바 선배, 마키시마 셋이서 취재하러 갔을 때 세바 선배가 자신이 가지러 오겠다고 말했으니까."

그렇다면 세바 선배가 독일 빵 가게에 튀김빵을 가지러 갔다는 건 틀림없는 사실 같다. 아마도 가게에서는 튀김빵을 담은 종이봉투를 들고 가기 쉽도록 비닐봉지에 넣었으리라. 선배는 오후 4시에 가정과 동아리 부실로 가서 미리 의뢰한 대로 튀김빵에 머스터드를 넣어달라고 부탁했지만 실제로는 매운 타바스코가 들어갔다.

세바 선배는 가정과 동아리에서 튀김빵을 접시에 옮겼다. 운반에 사용된 비닐봉지와 종이봉투는 가정과 동아리 휴지통에 버려졌다. 선배는 튀김빵을 담은 접시를 들고 이곳 신문부실로 왔다. 그 접시는 아직 대형 테이블 위에 있다.

한 가지, 이해할 수 없는 점이 있다.

"……세바 선배는 어째서 튀김빵을 접시에 옮겼을까? 종이봉투에 담겨 있었어도 딱히 먹기 불편하진 않았을 텐데."

고개를 갸웃거리자 겐고가 대수롭지 않다는 듯이 대답했다.

"원래 종이봉투에 들어 있었어? 그럼 촬영 때문이었겠

지."

촬영이라고?

"사진을 찍었어?"

"응. 기사로 쓸 거니 당연히 찍지. 종이봉투에 담겨 있으면 찍기 힘드니까 선배가 신경 써준 거겠지."

"카메라로 찍은 거야?"

그렇게 묻자 겐고는 조금 당황했다.

"사실 그래야 하지만 칸도 작고 흑백이라. 휴대전화로 찍었어."

"왜 그걸 빨리 말하지 않았어!"

오오, 인생에서 한 번쯤은 말해보고 싶었던 '어째서 그걸 빨리 말하지 않았어!'라는 대사를 의도하지 않게 말할 수 있었다.

"아니, 미안. 깜빡했어. 볼래?"

"당연하지."

겐고는 주머니에서 휴대전화를 꺼내 이미지를 띄웠다.

첫 번째 사진은 튀김빵이 담긴 접시가 놓인 대형 테이블, 두 번째 사진은 튀김빵 네 개가 담긴 접시, 세 번째 사진은 조금 클로즈업으로 찍은 튀김빵이었다.

즉 튀김빵만 찍혀 있다.

"조금 더…… 뭐랄까…… 단서가 될 만한…… 먹는 순간이나!"

"나도 애들하고 동시에 먹었어. 어떻게 찍으란 거야?"

"맞는 말이지만……."

접시 위의 튀김빵이 네 개였음을 확인할 수 있었던 것과, 육안으로만 타바스코가 든 빵을 골라내기는 어렵다는 사실을 알았다는 게 수확이라고 할 수도 있지만 둘 다 알고 있던 사실이다.

"이건 언제 찍은 거야?"

"시식 직전에."

그때 이미 세바 선배는 이곳에 없었다.

겐고가 말하는 '시식'이 이루어지기 전에 무슨 일이 있었던 걸까. 다음으로 신문부원 네 명의 행동을 확인해야 한다.

"처음 이 부실에 온 건 누구야?"

그렇게 묻자 몬치가 어리석다는 듯이 말했다.

"아까 말했잖아. 나야. 제일 먼저 부실 자물쇠를 열고 들어와 계속 기사를 쓰고 있었어."

"그랬지. 몇 시부터 여기에 있었어?"

"3시 반 넘어서였을 거야."

종례도 그쯤 끝나니까 몬치는 방과 후 바로 이곳에 왔다는 뜻이다.

“세바 선배도 만났지?”

“그래.”

몬치는 파이프 의자 등받이에 몸을 기대며 슬그머니 웃었다.

“갑자기 어깨를 두드려서 깜짝 놀랐어.”

“시간은?”

“글쎄, 기억 안 나. 시계도 안 보고 원고를 쓰고 있었으니까.”

“세바 선배는 튀김빵을 담은 접시를 들고 있었지?”

“……아니. 접시는 테이블에 놓여 있었어. 선배는 접시를 가리키며 빵을 받아 왔다고 했고.”

겐고가 끄덕였다.

“지난주부터 쓰기 시작한 그 3단 기사를 쓰고 있었던 거지? 애먹고 있어?”

“응, 문장이 조금. 하지만 다 썼어.”

당신이 계속 이 부실에 있었다는 사실을 증명해줄 사람은 있습니까, 하고 묻고 싶었지만 문제는 몬치의 부재증명도 아니고 그런 질문을 했다가는 난리가 날 게 뻔했다. 그러지 말자.

"다음으로 부실에 온 건?"

스기가 살짝 손을 들었다.

"나야."

"몇 시에 왔는지 기억해?"

"4시 15분 정각."

질문은 내가 했지만, 어떻게 아는 걸까……?

"용케 기억하네."

"그런 건 잘하거든."

스기가 처음으로 생긋 웃었다.

"세바 선배도 만났어. 부실 앞 복도에서 마주쳐서 동아리에 온 거냐고 물었더니 지금 막 왔다고 했어."

"그것 말고 다른 말은 안 했어?"

"라이브 때문에 같이 있어주지 못해서 미안하다고. 그게 다야."

겐고가 옆에서 말했다.

"타이밍으로는 몬치하고 이야기한 직후인가?"

"아마도. 그리고 테이블 위에 있던 설문지 수거함을 보고 위에서 몇 장 빼서 의자에 앉아 읽었어."

일단 물어보았다.

"지금 겐고가 앉아 있는 의자에 앉아 있었던 거지?"

입구에서 가장 가까운 의자다.

"응. 거기."

"고마워. 그리고?"

스기는 고개를 끄덕이고 대답했다.

"설문지를 이삼 분 훑어보다가 판쿠헨이 보여서 촬영할 수 있도록 테이블 위를 치웠어."

"그때 사진은 찍지 않았어?"

"응. 모두 모인 다음에 하려고 했거든."

부실에 가장 먼저 들어온 건 몬치. 다음으로 세바 선배가 왔다. 이어서 스기가 들어오고, 세바 선배는 나갔다. 그리고?

"다음으로 부실에 온 건……."

"나."

마키시마가 어딘가 불만스러운 듯이 대답했다.

"몇 시에 왔는지 기억해?"

"몰라, 기억 안 나."

무책임한 말투지만 시간을 기억 못 하는 게 일반적이다. 굳이 따진다면 똑똑히 대답한 스기가 오히려 이상하다.

"부실에는 몬치하고 스기가 있었지만 선배는 못 만났어."

지금까지의 증언과도 일치한다.

"부실에 오고 나서 무슨 일이 있었어?"

"음……."

잠시 생각하느라 침묵이 흘렀다.

"키가 작은 1학년 여학생이 설문지를 내려 와서 내가 받았어. 그것뿐이야."

……오사나이인가?

"고맙다고 인사하고 보답으로 과자를 주겠다고 했는데 필요 없다고 했어."

"아니네."

"어? 뭐라고?"

"아니, 혼잣말이야. 그때 받은 설문지는 어떻게 했어?"

"스기가 수거함을 치웠다고 해서 그것도 넣어두라고 건네줬어."

시선을 돌리자 스기가 살짝 고개를 끄덕였다. 이 종이 성채의 어딘가에 설문지를 넣은 상자가 있겠지. 우리 반 설문지는 아까 겐고가 아무 데나 두던데 괜찮은 걸까……?

"그 상자는 지금 어디에 있어?"

스기에게 묻자 "도지마 뒤에"라는 대답이 돌아왔다. 겐고가 허겁지겁 뒤를 돌아보더니 벽 근처에 아무렇게나 쌓여 있는 서류 위에서 상자를 집어 들었다.

"이런 곳에 있었나."

수거함이라고 해서 뚜껑 달린 상자를 상상했는데 실제로는 전통 과자 같은 제품의 종이 상자를 그대로 재활용한 듯한 물건이었다. 그럭저럭 큼직했지만 깊지는 않아 설문지가 흘러넘칠 것 같다.

"그 밖에는 무슨 일이 있었어?"

그렇게 묻자 마키시마는 고개를 가로저었다.

"마지막으로 온 건 겐고지?"

그렇게 확인하자 두리번거리던 겐고가 동작을 멈추고 끄덕거렸다.

"맞아."

"시간은?"

"4시 반까지는 아직 여유가 있다고 생각한 기억이 나. 정확히는 모르겠어. 부실에 오니 이 세 사람이 모여 있었고, 테이블 위에는 튀김빵이 있었어. 내가 튀김빵 사진을 찍었고, 그런 다음에 먹었어."

그다음은 묻지 않아도 안다. 누가 꽝을 뽑았나 숨죽이며 서로를 살폈지만 아무도 걸렸다고 말하지 않았다. 그리고 내가 찾아온 것이다.

이로써 일단 신문부원의 동향을 확인할 수 있는 만큼은 들었다. 듣긴 했는데 이게 어찌된 일이지……. 내가 잠자코 있자 겐고가 작게 신음했다.

"이상한 점은 없었던 것 같네."

그럴까?

나는 조금 고민하다가 누구에게랄 것 없이 말했다.

"세바 선배하고 연락할 수 있어?"

어째선지 모두 마키시마를 쳐다보았고, 마키시마가 대답했다.

"지금은 어려울 거야. 라이브 전에는 휴대전화를 꺼놓으니까."

"그렇구나……."

"묻고 싶은 게 있어?"

"물어볼 수 있으면 좋겠다 싶은 건 있었어. 그보다 마키시마는 세바 선배를 잘 아나 보네."

그렇게 말하자 마키시마가 수줍어했다.

"집이 가까워서, 선배한테 연락할 일이 있으면 내가 해."

"소꿉친구 같은 건가? 그럼 평소에는 선배라고 부르지 않겠구나."

"그렇긴 한데…… 그게 상관이 있어?"

나는 손을 저었다.

"없어. 미안, 꼬치꼬치 물을 생각은 없었어."

세바 선배의 증언을 얻을 수 없는 이상, 이 자리에서 모을 수 있는 재료로 추리하는 수밖에 없다. 직감이지만 불가능하진 않을 것이다. 추측건대 열쇠는 1학년 이다가 쥐고 있다.

"세바 선배는 이다가 참가하지 않는다는 걸 알고 있었지?"

이다는 신문부 소속 1학년으로, 일주일에 한 번 올까 말까 한 유령 부원이다. 겐고가 이번 취재에 참가할지 의사를 묻자 참가하지 않겠다고 대답했다고 한다. 마키시마는 묘하게 힘차게 대답했다.

"응, 알고 있었어. 내가 메시지를 보냈거든."

"확인차 묻겠는데 마키시마는 세바 선배에게 이다가 시식에 참가하지 않으니 튀김빵은 네 개면 된다는 내용의 메시지를 보낸 거지?"

"맞아."

"보낼 때 에러가 났다거나."

"그런 일은 거의 없잖아."

천만에, 그게 의외로 있거든. 하지만 겐고가 옆에서 거들었다.

"그 자리에는 나도 있었고 마키시마가 내용을 확인해달라고 했어. 정확한 표현은 잊어버렸지만 마키시마는 분명 이다가 이번 취재에 참가하지 않을 거라고 쓴 메시지를 세바 선배에게 보냈어. 이 부실은 전파 상태도 좋고, 휴대전화 발신 에러가 난 적도 없어. 선배가 메시지를 받은 건 분명해."

오늘 사건에서는 특별히 겐고가 단언하는 정보는 사실로 인정하기로 했다. 내가 잠자코 끄덕이자 마키시마가 말을 이었다.

"밤이 다 되어서긴 했지만 답장도 제대로 왔어."

"어떤 내용이었어?"

"오케이, 라고."

"그게 다야? 앞뒤로 뭔가 없었어?"

마키시마는 눈썹을 찌푸렸다.

"모르겠어, 잊어버렸어. 오늘은 휴대전화를 깜짝 잊고 안 가져와서 확인도 못 하고. 어떻게 썼는지가 중요해?"

글쎄, 세바 선배의 답장 내용은 과연 중요할까?

……아니다, 중요한 점은 따로 있다.

대답하지 않는 내게 마키시마는 노골적으로 짜증을 내며 벌건 얼굴로 입을 벙긋거리다가 갑자기 눈길을 돌리고 말했다.

"……그보다 늦은 감은 있지만 말해도 될까?"

그 말은 내가 아니라 신문부원들을 향한 질문이었다. 몬치가 당혹스럽다는 듯이 "뭔데?"라고 되묻자 마키시마가 주눅든 목소리로 말했다.

"실은 나, 빵을 먹을 때 다른 생각을 하느라 집중을 못 했어. 지금까지 말하기 거북해서 잠자코 있었는데 어쩌면 내가 꽝을 뽑았을지도 몰라. ……아니, 다들 꽝이 아니었으니 내가 꽝이었을 거야."

갑작스러운 고백이었다. 스기와 몬치가 놀라서 소리를 지르는 와중에도 겐고는 차분했다.

"마키시마, 그게 무슨 말이야. 아까 맛이 어땠는지 감상을 썼을 때 네가 제일 상세하게 썼잖아. 그래놓고 집중을 못 했다는 말이 통할 것 같아?"

"그건……."

우물거리는 마키시마를 몬치가 매서운 눈으로 노려보았다.

"전에 먹어봤던 거지? 그럴 줄 알았어!"

마키시마는 고개를 숙이고 아무 말도 하지 않았다. 그러자 스기가 끼어들었다.

"그건 모르는 일이야. 마키, 제대로 설명해줘!"

"소용없어, 뭔가 수상하다 싶었다니까."

"무슨 소리야? 수상한 건 너잖아? 마키 아이디어를 망치고 싶었던 것 아니야?"

"내가 왜 그런 짓을 해? 바보냐?"

겐고가 우려했던 전개다. 튀김빵으로 즐겁게 독일 전통 게임을 하려 했을 뿐인데, 신문부 물밑에 가라앉아 있던 대립이 겉으로 드러나고 말았다. 지금이라도 늦지 않았을까? 누가 꽝을 뽑았는지 지목할 수 있다면, 신문부의 공중분해를 막으려는 겐고의 기대에 부응할 수 있을까?

……뭐, 솔직히 신문부가 어찌되든 나는 별 관심 없지만!

기대했던 재료는 전부 모였다. 타바스코가 든 튀김빵을 먹은 사람은 누구인가?

도지마 겐고?

몬치 조지?

마키시마 미도리?

스기 사치코?

이다?

세바 선배?

가정과 동아리 남학생?

고바토 조고로? 아니, 나는 먹지 않았다, 알고 있겠지만.

혹은 어디선가 찾아온 수수께끼의 존재가 먹은 걸까?

나는 사건의 진상을 풀 수 있다.

나와 같은 재료를 손에 넣은 사람이라면, 마찬가지로 풀 수 있을 터이다.

5

"시식할 때 타바스코가 든 튀김빵을 먹었다는 걸 악의적으로 숨긴 인물은 과연 존재할 수 있을까?"

내가 던진 회심의 질문은 신문부 부실에 가득한 말다툼 속에 녹아들었다. …… 바꿔 말한다면 아무도 듣지 않았다. 내게 의뢰한 도지마 겐고조차 마키시마와 몬치의 말다툼에 정신이 팔려 내 쪽을 쳐다보지도 않았다.

나는 헛기침을 그다지 좋아하지 않는다. 오로지 자신에게 이목을 집중시키려고 존재하는 그 동작의 느낌이 영 거북한 탓인데, 이번만큼은 어쩔 수 없지. 기관지에 온 힘을 실어 헛기침을 했다.

겐고가 고개를 빙글 돌려 쳐다보았다.

"왜 그래, 조고로? 괜찮아? 타바스코 냄새가 매워서 그래?"

걱정을 해주다니. 솟구치는 미안함을 억누르고 손을 저어 둘러대며 나는 아까 했던 말을 조금 다르게 표현했다.

"아아, 음. 그게, 시식할 때는 타바스코가 든 튀김빵을 먹은 사람이 정말로 없었던 것 아닐까?"

"뭐라고!"

겐고가 큰 소리를 내자 나머지 세 사람이 이쪽을 돌아보았다.

"그럴 리가 있어? 가정과 동아리에 가서 타바스코가 들어 있었다는 걸 확인한 사람이 바로 너잖아."

"응."

"그런데 네 사람 중 아무도 그걸 먹지 않았다는 거야?"

"그래."

"이상하잖아!"

기대했던 반응이라 조금 기뻤다. 마키시마와 몬치, 스기 세 사람은 의심이 가득한 눈으로 나를 쳐다보며 무슨 말을 꺼내는지 들어나 보자는 듯이 입을 다물고 있었다. 나는 살짝 웃었다.

"확실히 이상하지. 하지만 시식할 때 누군가 꽝을 먹었다고 생각하는 게 더 이상해. 불가능해."

"왜?"

"왜냐고?"

겐고는 상상력이 풍부한 인간이 아닐지 모르지만 완전히 둔한 편도 아니다. 그런데 왜냐고 묻는다는 것은 신문부의 향방에 지나치게 정신이 팔린 탓일까. 나는 목소리를 높였다.

"그렇게 매운 타바스코를 먹고도 자기는 걸리지 않았다고 태연한 얼굴로 끝까지 숨길 수 있을 리 없잖아!"

정말로 몰랐는지 겐고는 화들짝 놀란 표정을 지었다. 다른 사람도 아닌 겐고가 직접 타바스코를 먹어보고 참을 수 없다고 말했으면서.

반론은 의외로 스기에게서 튀어나왔다.

"굉장히 매운 타바스코였지만 반드시 참아내겠다고 결심하고 그냥 꿀꺽 삼켰다면 시치미를 뗄 수 있었을지도 몰라."

나는 고개를 가로저었다.

"그것도 불가능해. 내가 가정과 동아리에서 물어볼 때까지 튀김빵에 든 게 타바스코였다는 걸 알았던 건 타바스코를 넣은 장본인인 가정과 동아리 남학생뿐이었어. 여기 있는 네 사람은 물론이고 튀김빵을 받아 온 세바 선배조차 꽝에 든 내용물이 머스터드라고 믿고 있었으니까. 별로 맵지 않은 머스터드라고 생각하고 내심 참을 준비를 했는데 그 타바스코를 먹었다면……."

몬치가 알고도 남겠다는 듯이 끄덕거렸다.

"절대 못 참지. 그건 불가능해."

한편으로 겐고는 눈썹을 찌푸리고 있다.

"따귀를 맞을 줄 알고 이를 악물고 있었는데 배를 얻어맞는 꼴이군. 듣고 보니 당연히 얼굴에 드러났을 거야. ……그럼 어떻게 된 일이지? 타바스코가 든 튀김빵은 어디로 간 거야? 누가 먹었어?"

스기가 중얼거렸다.

"언제 먹은 걸까? 여기에는 몬치가 계속 있었는데."

몬치도 고개를 갸웃거렸다.

"애초에 뭘 먹은 거지? 빵은 네 개였잖아."

전부 지당한 의문이다. 시식 타이밍에 꽝을 뽑은 사람이 없다는 명백한 결론에 이르려면 벽이 많이 남아 있다. 하지만 나는 그 모든 게 뛰어넘을 수 없을 정도로 높은 벽이라고 생각하지는 않는다.

벌어진 일이 이상하게 보이는 이유는 증언이 완전하지 않기 때문이다. 침묵, 거짓말, 배려가 이야기를 복잡하게 보이게 만들고 있다. 그러한 증언들의 불완전한 요소를 하나씩 제

거해가면 무슨 일이 있었는지 저절로 보일 터.

검토는 이미 끝났다. 그것을 어떻게 말할지만 남았다.

"먼저 기회를 따져보자."

대형 테이블에 놓인 접시를 바라보며 나는 그렇게 화두를 던졌다.

"타바스코가 든 튀김빵은 실제로 존재했어. 하지만 그건 시식 시점에서는 사라지고 없었어. 그렇다면 그게 접시 위에서 사라진 건 시식 전이야. 그런데 튀김빵은 계속 그 자리에 놓여 있었고, 부실에는 몬치가 있었어. 범인이 누구든 과연 몬치의 눈을 속일 수 있었을까?"

부실 안쪽, 창문 근처에 책상이 놓여 있다. 몬치는 거기에서 기사를 쓰고 있었다.

"겐고가 말해주긴 했지만 어떻게 앉아 있었는지 다시 한번 가르쳐줄 수 없을까?"

몬치는 불만스러운 목소리를 냈지만 그리 싫은 기색 없이 자리에서 일어나 문제의 책상으로 향했다. 가까이 있던 의자를 잡아당겨 앉더니 부실 입구 방향에서 몸을 옆으로 돌리는 자세를 취했다.

신문부 세 사람이 신음했다.

"어떻게 생각해? 문은 활짝 열려 있었지?"

"바로 옆에서 다가오는 사람을 알아차릴 수 있느냐는 거지?"

"보통은 소리도 나니까……."

겐고가 팔짱을 끼고 몬치에게 물었다.

"네 느낌은 어때? 누군가 들어오면 알아차릴 것 같아?"

"당연하잖아."

대답과는 달리 말에 힘이 없었다. 그럴 만도 하지, 몬치는 실제로 무슨 일이 벌어졌는지 알고 있으니까.

"고마워."

그렇게 말하고 몬치를 제자리로 부른 다음 나는 대형 테이블에 한 손을 얹었다.

"그런데 아까 세바 선배가 부실에 왔을 때의 상황을 몬치가 어떻게 표현했는지 기억해?"

대답은 없었지만 몬치의 불쾌한 얼굴이 곧 대답이다.

"몬치는 이렇게 말했어. 갑자기 어깨를 두드려서 깜짝 놀랐다."

그 말이 뜻하는 바는 명백하다.

"세바 선배는 몬치를 놀라게 하려고 뒤에서 몰래 다가왔을 거야. 그런 장난을 칠 만한 선배야?"

몬치를 제외한 세 사람이 동시에 끄덕였다.

"알았어. 그리고 선배의 작전은 완벽하게 성공해서 몬치는 깜짝 놀랐어. ……즉 선배가 들어온 걸 알아차리지 못했어. 누군가 부실에 왔다면 반드시 몬치가 알아차렸을 거라는 주장은 타당하다고 할 수 없어. 몰래 접근하면 들키지 않을 수도 있었고, 평범하게 접근해도 경우에 따라서는 몰랐을지도 몰라."

겐고가 바로 반론했다.

"하지만 부실에 몬치밖에 없었던 시간대에는 튀김빵이 부실에 없었어."

그렇다. 세바 선배가 부실을 나간 타이밍에 스기가 왔으니 부실에 몬치와 튀김빵만 있는 상황은 존재하지 않는다. 하지만…….

"몬치가 부실에 온 사람을 알아차리지 못했다면, 선배도 그랬을 거라 생각해도 이상하지 않아."

"조고로, 그건 억지야. 사람이 둘이면 알아차릴 가능성이 커진다고 생각하는 게 자연스러워."

스기도 소리를 높였다.

"게다가 내가 입구에서 마주쳤을 때 선배는 '지금 막 왔다'고 했어. 부실에 몬치하고 선배만 있었던 시간은 아주 짧았을 거야. 나는 입구 옆 의자에 앉아 있었으니 내가 온 다음에 누군가 튀김빵에 접근하는 건 불가능해."

두 사람의 의문에는 동시에 답할 수 있다.

"찰나라 해도 빈틈은 빈틈이야. ……하지만 나는 그 빈틈이 찰나가 아니었을 거라고 생각해. 그리고 겐고, 사람이 둘이니까 주의력이 올라갔던 게 아니라 둘이기 때문에 주의력이 떨어졌던 것 아닐까?"

겐고와 스기는 어리둥절한 표정을 지었다. 나는 대형 테이블에 얹었던 손을 얼굴 앞에 들고 집게손가락을 세웠다.

"몬치는 3시 반쯤부터 기사를 쓰고 있었어. 겐고 말로는 '지난주부터 쓰기 시작한 그 3단 기사'야. 제법 시간이 걸렸는지 겐고가 '애먹고 있는지' 물을 정도였어. 몬치는 그 질문에 '응, 문장이 조금'이라고 대답했고 '하지만 다 썼다'고 덧붙였지. 즉 몬치는 기사 문장에 애를 먹고 있었지만 방금 그걸 완성한 거야. 그런데 기사를 쓰는 동안 부실에 왔을 세바 선배는 어떤 사람이었지?"

나는 이번 사건에 임할 때 겐고의 언동은 전부 믿기로 결정했다. 그 겐고가 이렇게 말했던 것이다.

"'기사 문장 때문에 고민하고 있으면 자기 일을 중단하고서라도 반드시 조언을 해줘'. 그렇지, 겐고?"

아, 하는 외마디가 누군가의 입에서 흘러나왔다.

"몬치는 세바 선배에게 문장에 대해 조언을 받은 거야. 그 사이 두 사람은 무릎을 맞대고 의논했겠지. 스기가 저 책상 앞에는 의자가 두 개 놓여 있었다고 했던 거 기억나? 이건 추측이지만 세바 선배도 의자에 앉아서 몬치가 문장을 다듬는 걸 도왔던 게 아닐까?"

말을 끊고 몬치를 가만히 쳐다보았다. 겐고도, 스기도, 마키시마도, 몬치를 바라보고 있다. 시선을 받은 몬치는 뻔뻔하게 어깨를 들썩였다.

"그래. 선배에게 조언을 받았어. 말할 필요도 없어서 잠자코 있었던 거야."

과연 그럴까? 몬치의 경우 말끝마다 어딘가 자존심이 느껴진다. 그 자존심이 방해해서 그동안 쓰지 못했던 부분에 선배의 도움을 받았다고 말할 수 없었던 게 아닐까? 물론 이것은 단순한 억측이고, 진상 규명에는 아무 상관 없으니 잠자코 있겠지만.

중요한 건 지금부터다.

"다시 말해 스기가 들은 '지금 막 왔어'의 '지금'은 몇 초 전이 아니라 몬치의 원고에 조언을 한 몇 분 정도의 간격을 갖는 대략적인 표현이었다는 뜻이 돼. ……그런데 실제로는 언제 온 거야?"

몬치에게 묻자 될 대로 되라는 듯이 대답했다.

"글쎄? 오 분 정도인가?"

"그 오 분 동안은 몬치도 세바 선배도, 누군가 부실에 들어왔어도 알아차리지 못했을지 몰라. 그렇게 생각해도 될까?"

이것은 짓궂은 질문이었다. 이미 부실에 들어온 세바 선배를 알아차리지 못했다는 사실을 지적당한 이상, 몬치는 그래도 알아차렸을 거라고 대답하지 못할 것이다. 아니나 다를까.

"선배는 진지하게 조언해줬고, 나도 그걸 진지하게 듣고 있었어. 나머지는 마음대로 생각해."

불쾌한 듯이 그렇게 말할 뿐이었다.

튀김빵을 주시하지 않은 시간이 있었다는 사실은 증명되었다.

"다음으로 개수에 대해."

그렇게 말하며 나는 튀김빵이 놓여 있던 접시를 보았다.

"가정과 동아리 남학생은 튀김빵 한 개에 굉장히 매운 타바스코를 넣었어. 타바스코가 든 그 빵을 접시에 놓은 건 세바 선배였고, 가정과 동아리 남학생은 그때 접시 위에 튀김빵이 몇 개 있었는지 보지 못했어. 한편 시식할 때, 접시에는 네 개의 튀김빵이 있었고 그중에 꽝은 없었어."

"그건……."

마키시마가 뭔가 말하려다가 그대로 입을 다물어버렸다. 조금 가여웠지만 뒷말을 이었다.

"다시 말해 선배가 받아 온 튀김빵은 네 개가 아니었다고 생각하는 수밖에 없어. 다섯 개 이상…… 지금까지 얻은 정보를 종합하면 다섯 개였다고 생각할 수 있어."

"네가 무슨 말을 하고 싶은지는 알겠어."

겐고가 퉁명스럽게 말했다.

"분명 신문부 1학년은 한 명 더 있어. 이다지. 그 녀석 몫도 포함하면 가게에서 받아 올 튀김빵은 다섯 개였을 거야. 하지만 그 녀석이 시식에 참가하지 않는다는 건 세바 선배도 알고 있었어. 단순히 착각했다는 거야?"

"그 가능성도 제로는 아니지만 그 이전에 지금 표현은 조금 부정확해. 겐고는 이다가 시식에 참가하지 않는다는 사실을 전하는 메시지를 세바 선배에게 보낸 것까지만 봤어. 그것이 곧 선배가 알고 있었다는 사실을 뜻하지는 않아. 메시지는 놓치는 일도 있고, 나중에 읽는 경우도 있어."

"잠깐."

스기가 작지만 날카롭게 말했다.

"마키…… 마키시마는 선배의 답장을 받았잖아."

"확실히 그렇게 말했지."

"오케이"라고 한마디 적힌 메시지를 받았다고 했다. 하지만…… 이건 말하기 거북하네. 뺨을 긁적이며 시선을 돌리고 말았다.

"하지만 그 답장을 본 건 마키시마뿐이야."

마키시마의 얼굴이 확 붉어졌다.

"잠깐, 무슨 뜻이야! 그 말은 내가……."

여기서는 시치미를 떼는 수밖에 없나.

"다른 사람이 보낸 메시지하고 착각했던 게 아닐까? 흔한 일이잖아."

마키시마에게 반론할 틈을 주지 않고 말을 이었다.

"만약 세바 선배에게 답장을 받았다는 게 착각이고, 실제로는 선배가 메시지를 읽지 않았다고 한다면 문제는 굉장히 간단해져. 세바 선배는 만일의 경우 이다가 왔을 때 자기 몫이 없으면 가엾다고 생각해 튀김빵을 다섯 개 받아 왔어. 그 중 하나에 타바스코가 들어갔고, 시식 전에 사라진 거야."

"……그래!"

별안간 마키시마가 소리를 질렀다.

"그래, 그때 오빠하고 연락하고 있었어. 뭐였지, 뭘 좀 사다 달라고 부탁했으니까 오케이라는 건 오빠가 보낸 대답이었을지도 몰라!"

"세바 선배는 라이브 전이라 긴장하고 있었을 테고. 메시지를 보지 못했다고 해도 탓할 수는 없어. 휴대전화가 있으면 확인할 수 있는데 아쉽네."

"정말. 아아, 실수했네."

그렇게 말하며 마키시마는 힘없이 고개를 떨어뜨렸다.

응.

마키시마는 연기를 잘하는 편이 아니다. 저래서야 다른 세 사람도 사정을 눈치챘을 것이다. 요컨대 세바 선배는 마키시마가 보낸 메시지를 무시한 것이다. 세바 선배가 라이브 준비로 바빴기 때문인지, 아니면 마키시마와 세바 선배 사이에 미묘한 문제가 있었기 때문인지, 이유는 알 수 없다. 하지만 세바 선배의 소꿉친구를 자인하며 솔선해서 연락책을 맡은 마키시마에게는 다른 사람들에게 들키고 싶지 않은 사실이었으리라.

아까 마키시마는 갑자기 자기가 꽝을 뽑았을지도 모른다고 주장했다. 아무도 꽝을 뽑았다고 말하지 않는 이유가 튀김빵이 다섯 개 있었기 때문이라는 가능성을 알아차리고 그런 게 아닐까? 그대로 계속 검증하다 보면 머지않아 튀김빵 개수가 문제가 되었을 테고, 그리되면 선배에게 답장을 받았다는 마키시마의 증언도 의심을 사게 된다. 그래서 이 문제를 끝내버리기 위해 자기가 꽝을 뽑았다고 주장한 게 아닐까?

답장을 받았다고 착각하는 경우가 흔히 있다는 내 발언을 마키시마는 덥석 물었다. 그 정도로 세바 선배와의 친밀한 관계는 마키시마에게 중요한 문제일까?

어쨌거나 나는 그런 인간관계의 트러블에는 별 관심이 없다.

"뭐, 어쨌거나."

나는 정신을 가다듬고 말했다.

"튀김빵은 다섯 개 있었다고 생각해도 무방할 것 같아."

"자, 튀김빵은 다섯 개 있었고 아무도 거기에 주시하지 않는 타이밍이 있었어. 그럼 그걸 먹은 사람은 누구일까?"

겐고는 팔짱을 꼈고, 스기는 다른 부원들의 표정을 살피고 있다. 몬치는 부루퉁하니 입을 다물었고, 마키시마의 얼굴은 아직도 조금 붉었다.

도지마 겐고는 내게 누가 '꽝'을 먹었는지 알아내달라고 했다. 지금까지의 검토는 전부 그 질문에 대답하기 위한 준비에 지나지 않는다.

“가령 몬치와 세바 선배가 원고에 정신이 팔려 있었다고 해도 두 사람이 계속 이 부실에 있었던 건 사실이야. 그런데 둘 다 튀김빵을 먹었거나 적어도 접시에서 그것을 가져간 인물을 알아차리지 못했어. 다시 말해 용의자는 두 사람에게 말을 걸지 않고 행동했다고 볼 수 있어.”

내 말이 사람들에게 침투될 때까지 기다렸다가 뒷말을 이었다.

“튀김빵은 시식하고 기사를 쓰려고 준비한 거였고, 여기 있는 네 사람은 물론 그 사실을 알고 있었어. 그런데 튀김빵이 접시 위에 다섯 개 있었다고 해서 부실에 있는 두 사람에게 아무 말도 없이 몰래 하나를 먹었다는 건 말이 안 돼. 불가능하지는 않을지도 모르지만 너무 불합리해.”

나는 범인의 행동에는 합리성이 있다는 것을 전제로 삼고 있다. 몬치와 세바 선배의 눈을 피해서 스기나 마키시마가 몰래 집어 먹었다고 생각할 필요는 없으리라.

정확히 말하자면 마키시마는 그렇게 행동할 이유가 있긴 하다. 튀김빵이 다섯 개 있었다고 확인한 시점에서 세바 선배와의 연락이 순조롭지 않았다는 사실을 깨닫고 하나를 은폐함으로써 소통 문제를 속이려 했을지도 모른다. 하지만 그렇다면 마키시마는 시식할 때 아무도 꽝을 뽑았다고 말하지 않은 시점에서 자기가 숨긴 빵이 꽝이었다는 것을 알았을 터였다. 그렇다면 그 순간 자기가 꽝을 뽑았다고 자백하지 않으면 은폐가 되지 않는다. 마키시마가 자백을 시도한 건 시식하고 나서 한참 지난 후였고, 그것은 그녀가 시식 전에 튀김빵을 숨기지 않았다는 사실을 증명하고 있다.

"확실히 불합리하긴 한데."

겐고가 무겁게 말했다.

"눈치챘어, 조고로?"

"뭘?"

"용의자가 없어."

그렇게 말하고 싶은 심정은 이해한다.

"이다일까?"

몬치가 자신 없는 목소리로 중얼거렸지만 겐고가 일축했다.

"그럴 리 없어. 그 녀석하고는 교실에서 계속 얘기하다 왔어. 타이밍으로 볼 때 불가능해."

이로써 용의자는 전부 사라졌는가? 아니, 그렇지 않다.

"겐고. 부실에 튀김빵이 놓여 있고, 몬치와 세바 선배가 기사로 의견을 나누던 오 분의 공백 사이, 튀김빵을 담은 접시는 어떤 상태였지?"

겐고는 눈썹을 꿈틀거리더니 팔짱을 풀고 대형 테이블 위의 접시를 가리켰다.

"이 상태야. 시식한 다음 접시는 건드리지 않았어. 물론 네가 말하는 시간대에는 접시에 베를리너가 있었지만."

"그렇지 않아."

"……뭐?"

나는 천천히 냉장고 쪽으로 다가갔다.

"튀김빵을 담은 접시가 그 상태가 된 건 오 분간의 공백 이후야. 왜냐면 세바 선배와 엇갈려서 부실에 들어온 스기가 튀김빵을 찍으려고 책상 위를 정리했으니까."

갑자기 이름을 불린 스기가 움찔 떨었다.

"앗, 내가 뭐 실수라도 했어……?"

"설마, 전혀 실수하지 않았어."

실수는 아니었지만 사실 스기의 별 뜻 없는 이 행동이 사태를 복잡하게 만들었다. 나는 냉장고 위에 놓여 있던 사탕과 캐러멜이 담긴 쟁반을 들고 대형 테이블 앞으로 돌아왔다.

"스기가 책상 위를 정리하기 전, 오 분의 공백 사이, 튀김빵 접시는 이런 상태였어."

쟁반을 내려놓았다.

접시 옆에 놓인 쟁반에는 메모가 그대로 붙어 있었다.

"그랬구나!"

겐고가 소리를 질렀다.

"그래. 튀김빵 옆에는 이 메모가 붙은 쟁반이 있었어. ……겐고, 설문지 수거함을."

"아아."

건네받은 수거함을 쟁반 옆에 내려놓았다.

한 박자 늦게 다른 세 사람도 웅성거리기 시작했다.

"이 부실에는 신문부원들만 오는 게 아니야. 예를 들어 나도 왔고, 마키시마가 여학생을 만났어. 나와 그 여학생은 신문부가 나눠준 설문지를 돌려주러 왔지. 그리고 그런 사람이 우리 둘뿐이라는 법은 없어."

메모에는 이렇게 적혀 있다.

설문지는 이 상자에 넣어주세요. 이 과자는 보답이니 마음껏 가져가세요.

"몬치와 세바 선배가 한창 기사로 토론하고 있을 때, 누군가 설문지를 내러 왔지만 두 사람이 바빠 보여서 말을 걸기 어려웠겠지. 주변을 둘러보니 설문지는 상자에 넣어두라고 적혀 있어. 그 누군가는 메모에 적힌 대로 따랐을 거야."

스기는 테이블 위를 정리했다고 했고, 마키시마는 스기가 수거함을 정리했다고 했다. 즉 스기가 정리하기 전에 수거함은 책상 위에 있었던 것이다.

과자 쟁반에는 설문지를 수거함에 넣으라는 지시가 적힌 메모가 붙어 있다. 그렇다면 이 쟁반도 수거함 옆에 놓여 있어야 한다.

몬치와 세바 선배가 기사로 토론하는 사이, 테이블 위에는 설문지 수거함과 메모와 함께 과자가 담긴 쟁반과, 튀김빵이 담긴 접시가 있었던 것이다.

"그리고 그 누군가는 보답이니까 마음대로 가져가라는 글을 보고 마음대로 먹었어. 옆 접시에 있던 튀김빵을. 범인은 외부인이야."

처음에 외부인이 범인일 가능성을 검토하려 했던 내게 신문부원들은 부정적인 이유를 세 가지 들었다. 첫 번째, 부실에는 항상 사람이 있었다. 두 번째, 튀김빵은 네 개였다. 세 번째, 외부인이 무단으로 튀김빵을 먹다니 너무 비상식적이다. 하지만 증언을 듣고 검토해가는 사이, 이 세 가지 이유는 붕괴되었다.

몬치의 침묵, 마키시마의 거짓말, 스기의 배려가 조금씩 상황을 왜곡시켜 불가사의한 결과를 만들어냈다. 전부 정리해보면 무슨 일이 벌어졌는지는 이렇게나 명백하다.

"이럴 수가……."

겐고가 중얼거렸다.

"아무 상관 없는 학생이 타바스코가 든 베를리너를 먹었단 말이야? 너무 운이 없잖아, 5분의 1인데."

"그래. 누군지는 모르겠지만 운이 없었어. 사고야, 이건."

"사고라고 해도…… 어이, 어쩔 거야?"

마지막 말은 내가 아니라 신문부원들을 향한 질문이었다.

"어쩌다니, 어, 어쩌지?"

"교내 방송으로 알릴까? 먹지 말라고."

"안 늦었을까? 한 시간도 더 됐는데."

거품을 물고 지금까지 없던 단결력을 보여주는 신문부원들을 바라보며, 나는 알지 못하는 외부의 범인을 생각했다. 정말 안됐다. 그저 설문지를 내러 왔을 뿐인데. 분명 나와 마찬가지로 반에서는 별로 눈에 띄지 않는 학생이리라. 튀김빵을 보고 그 자리에서는 먹지 않고 가지고 돌아갔다. 아직 먹지 않았다면 다행이지만, 만약 먹었다면…….

얼마나 놀랐을까? 처음에는 분명 무슨 일이 벌어졌는지 알아차리지 못했으리라. 한바탕 콜록거리다가 물을 마시러 달려갔겠지. 입술이 새빨갛게 부었을지도 모르고, 그랬다면 창문을 열고 바람이라도 쐬며 붓기를 가라앉히려 했을지도 모른다. 한동안 혀도 굴러가지 않았으리라. 게다가 어쩌면…….

"아."

"왜 그래? 뭐 또 알아냈어?"

진지하기 그지없는 얼굴로 묻는 겐고에게 나는 허둥지둥 손을 저었다.

"아니, 아무것도, 아무것도 아니야. 그저 설문지를 내러 온 그 학생은……."

"뭐야, 말해."

나는 무심결에 침을 꼴깍 삼켰다. 입술이 붉고, 혀가 굴러가지 않는 그 학생은 창가에 우두커니 서서,

"……아마 눈물까지 흘리지 않았을까 싶어서."

겐고는 눈썹을 찌푸리며 무슨 소리냐고 중얼거렸다.

The Paris Macaron Mystery

피렌체 슈크림 수수께끼

1

12월이 다 가도록 겨울 기미도 보이지 않더니 해가 바뀌자 기다렸다는 듯이 추위가 찾아왔다. 겨울방학을 어디서 어떻게 보냈는지는 모르겠지만 3학기가 되어 학교에서 마주치자마자 오사나이가 부루퉁한 표정으로 이렇게 말했다.

"돌아가는 길에 가보고 싶은 가게가 있으니 에스코트해 줘."

"그건 괜찮은데…… 언제?"

"오늘 방과 후."

"갑작스럽네."

생각도 못 했다는 듯이 눈을 휘둥그레 뜬 오사나이가 쭈뼛쭈뼛 물었다.

"듣고 보니 갑작스러울지도…… 안 돼?"

연말연시, 소소하게 아르바이트를 해서 주머니 사정은 괜찮았고 딱히 예정도 없었다. 단독 행동을 두려워하지 않는 오사나이가 굳이 나를 달콤한 디저트에 꾀어내다니 물론 뭔가 사정이 있겠지만, 평소 각별한 후의를 입고 있는 호혜 관계니 꼬치꼬치 따질 필요는 없겠지.

"안 될 건 없어. 알았어, 가자."

그렇게 말하자 오사나이는 미소를 짓더니 보브컷을 살랑거리며 고개를 까딱 숙였다.

중앙 현관 앞에서 만나기로 하고 수업을 마치자마자 약속한 곳에서 기다렸지만 장소를 잘못 골랐다. 춥고 건조한 바람이 쉴 새 없이 들이쳐서 정말, 정말로 춥다. 이 지역은 겨울에도 방한구 없이 지낼 수 있는 날이 많기 때문에 방심과 허세로 목도리 한 장만 두르고 통학하는 나도 오늘만큼은 너무 추워서 위험마저 느꼈다. 팔로 몸을 끌어안고 언제 오려나 복도를 두리번거리며 일단 오른쪽을 보고, 이어서 왼쪽을 보고, 다시 한번 오른쪽으로 고개를 돌리자 눈앞에 오사나이가 있었다.

"기다렸지?"

오사나이는 방한 대책을 조금도 게을리하지 않았다. 짙은 남색 더플코트에 크림색 귀마개, 가장자리에 털이 달린 크림색 장갑을 끼고, 타탄체크 무늬 목도리를 눈 밑까지 푹 동여매고 있다. 자그마한 몸은 옷으로 빵빵하게 부풀었는데 어째선지 유난히 만족스러운 눈빛이다.

"따뜻해 보이네."

눈에 보이는 대로 감상을 말하자 오사나이는 목도리에 파묻힌 고개를 갸웃거리며 말했다.

"응? 겨울인걸. 추워."

두꺼운 짙은 회색 타이츠를 신고 있었는데 구두는 딱히 추위를 막아줄 것 같지 않은 로퍼였다. 나란히 교문을 나서자 오사나이가 어디로 간다는 말도 없이 앞장서서 성큼성큼 걸어갔다. 오사나이는 말수가 많은 편이 아니니 잠자코 있어도 별로 이상하지 않았고, 나는 너무 추워서 입을 열기도 귀찮아 차가운 바람을 맞으며 그저 말없이 걸었다.

아무래도 목적지는 역 쪽에 있는 듯했다. 길 양옆으로 차츰 가게가 많아졌고, 어느새 아케이드 지붕이 머리 위를 덮었다. 길을 가는 사람들은 모두 오사나이만큼은 아니지만 방한복을 단단히 갖춰 입어, 목도리만 두른 내가 몹시 춥게 느껴졌다.

이윽고 오사나이가 어느 가게 앞에서 걸음을 멈추었다.

"전통 디저트"라고 적힌 간판이 있고 쇼케이스 안에는 단팥죽과 경단 샘플이 전시되어 있었다.

"여기?"

오사나이가 고개를 끄덕였다.

"정월이니까."

오호라, 굳이 따지자면 양과자파인 오사나이가 전통 디저트라니 드문 일이라고 생각했더니 새해에 어울리게 떡을 먹으려는 심산인가 보다.

오사나이가 드르륵 소리를 내며 미닫이문을 열자 따뜻한 공기가 흘러나왔다. 여섯 테이블 정도 되는 작은 가게에 비어 있는 것은 하나뿐이었다. 테이블은 전부 4인석이라 오사나이가 혼자 가기를 꺼린 이유를 잘 알겠다. 손님은 어른들이 많았고 다들 행복한 표정으로 디저트를 즐기고 있다.

"어서 오세요. 그쪽 테이블에 앉으세요."

안내해준 점원은 대학생쯤 되어 보였는데 목소리도 밝고 동작도 빠릿빠릿했다. 안내받은 테이블은 히터 송풍구가 가까워 목덜미에 온풍을 쐬고 겨우 숨을 돌렸다. 오사나이는 더플코트만 벗고 귀마개도 목도리도 벗지 않은 채로 가까이 있던 메뉴를 들고 진지하게 보기 시작했다. 나도 보여줘.

"통팥 단팥죽……."

"그럼 나도 그걸로."

"아니면 앙금 단팥죽……."

"그럼 나도 그걸로."

오사나이가 매섭게 노려보았다.

"고바토는 주체성이 없어?"

나도 메뉴 좀 보여줘.

주위를 둘러보니 주문할 수 있는 메뉴를 적은 종이가 황갈색 벽에 붙어 있어, 그걸 보고 골랐다. 결국 오사나이는 통팥 단팥죽을 주문했고, 나는 앙금 단팥죽을 주문했다. 오사나이는 어째선지 원망스러운 눈으로 나를 보며 말했다.

"그래, 고바토는 앙금을 골랐구나. 우리가 조금 더 친했다면 나눠 먹자고 했을 텐데."

둘 다 주문해도 된다고 말하고 싶었지만 그러면 오사나이는 아마 정말 두 그릇을 주문할 테고, 그런 짓을 하면 아무래도 저녁을 못 먹겠지. 오사나이의 영양 밸런스를 고려해 지금은 잠자코 있자.

그나저나 오늘 오사나이는 조금 이상하다. 뭐랄까, 모처럼 달콤한 디저트 가게에 왔는데 별로 기뻐 보이지 않는달까, 마음에 여유가 없는 것 같다. 이윽고 도착한 단팥죽을 가만히 바라보더니 두 손을 모으고 기도까지 하기 시작했다. 식전 인

사는 꼬박꼬박 하는 친구지만 이렇게 열심히 기도를 바치는 모습은 처음 봤다. 무심코 물었다.

"왜 그래? 진지하게."

오사나이는 작게 신음하며 말할지 말지 고민하는 기색이었지만 단팥죽을 앞에 두고 시간을 낭비하기 싫었는지, 한숨을 쉬며 짤막하게 말했다.

"올해 첫 디저트에 액막이를 부탁했어."

말하자면 새해 첫 디저트로 운수대통 기원인가? 그런 풍습은 들어본 적도 없지만.

"작년에는 평온하게 달콤한 디저트를 먹은 적이 별로 없었으니까. 특히 하반기는 엉망이었어."

그 말을 끝으로 오사나이는 목도리를 풀고 나무 숟가락을 들어 통팥을 뜨더니 몇 번이나 후후 불어 입으로 가져갔다. 오사나이는 뜨거운 음식을 잘 못 먹는다.

하반기가 엉망이었다는 건, 코기 코스모스의 중학교 문화제에서 뉴욕 치즈 케이크를 한껏 음미하고 돌아가기 전에 한 번 더 먹으려고 했는데 예상치 못하게 납치당해 목적을 달성하지 못한 일을 뜻하리라. 그리고 아마 신문부 사건도. 그렇다면 초가을은 어땠을까? 화제의 신규 점포가 문을 연다고 나고야까지 가서 마카롱을 주문했는데, 세 개가 나와야 할 마카롱이 어째선지 네 개로 늘어나 있었다. 오사나이와 나는 그 이유를 풀지 않을 수 없었지만 마카롱을 먹지 못한 것은 아니었다.

"파티스리 코기는 괜찮았을 텐데?"

그렇게 묻자 오사나이의 숟가락이 허공에서 뚝 멈추었다.

"그래……."

"만족스럽지 못했어?"

"그렇게 멋진 계절 한정 마카롱을 눈앞에 두고, 난 집중을 못 했어. 기억나는 건 반지뿐……. 이 분통한 마음을 표현할 길이 있을까?"

무도가 같은 말을 한다.

내가 주문한 단팥죽도 나와서 재빨리 한 입 먹어보았다. 열기와 당분이 몸에 남아 있던 추위를 단숨에 몰아내서 등줄기가 찌릿찌릿했다. 둘이서 마주 앉아 한동안 말없이 숟가락을 놀렸다. 겨우 한숨을 돌리고 이번에는 젓가락을 들어 잘 구워진 다갈색 떡을 먹어보니 탄력이 절묘해서 몹시 기분이 좋았다.

"그래서?"

나는 물어보았다.

"작년에는 불행했다고 생각하게 된 계기가 있었던 거지?"

확실한 근거는 없다. 작년에는 운수가 사나웠다고 줄곧 생각하다가 올해는 좋은 일이 있기를 바라며 액막이를 하기에는 3학기가 시작된 지금 시기가 조금 늦은 감이 있었다. 오사나이는 숟가락질을 하던 손을 멈추고 나를 올려다보았다.

"……역시 감이 예리하네."

"고마워."

"감이 예리한 사람은 좋아해. 나를 꿰뚫어 보지 않는 한."

오사나이는 숟가락에서 손을 떼고 가방에서 얇은 잡지를 꺼냈다. 역이나 서점에서 본 적 있는 '오르카'라는 이름의 지역 정보지다.

"권두 기사를 봐."

시키는 대로 페이지를 넘기자 나고야에서 일본 이탈리아 파스티체레 교류회가 열린다는 기사가 눈에 들어왔다. 파스티체레는 파티시에의 이탈리아어라는데, 일본과 이탈리아의 파티시에들이 스탠딩 파티에서 즐거운 시간을 보냈다고 한다. 이게 뭐가 문제냐고 물어보려다가 생각을 바꾸었다. 그래, 바로 답을 물어보면 재미없지, 이 기사의 무엇이 오사나이를 자극했는지 맞혀보자.

기사를 읽어보니 교류회 세리머니나 내빈 연설은 거의 다루지 않고 온통 파티에 나온 요리, 그것도 디저트에 지면을 크게 할애하고 있었다. 어라, 싶어 차례를 보니 새로 문을 연 케이크 가게의 정보나 선물용 신제품 소개가 쭉 나열되어 있었다. 아무래도 이 정보지는 디저트 애호가를 위해 만들어진 것 같다. 일본 이탈리아 파스티체레 교류회에서는 시내의 양과자점 몇 군데가 솜씨를 발휘해 이탈리아 과자를 준비했다는데 주파 잉글레제니 자바이오네니 하는 건 대체 뭔지 전혀 모르겠지만, 티라미수나 판나코타라면 나도 안다. 오사나이는 화려한 이탈리아 과자의 기사를 읽고 문득 스스로가 처량해진 걸까? 그렇지는 않을 것 같은데…….

좀처럼 감을 잡지 못하는 내게 짜증이 났는지 오사나이가 짤막하게 말했다.

"사진."

아아, 사진인가. 그러고 보니 제대로 보지 않았다. 어딘지 몰라도 호텔인지, 카펫이 깔린 바닥은 널찍했고 천장에는 화려한 샹들리에가 달려 있다. 조각인지 엿으로 만든 건지, 테이블 위에 커다란 샤치호코*가 등을 젖히고 있다. 이건 나고야를 상징하는 걸 테니 어딘가에 이탈리아를 상징하는 조각이 있을 텐데 사진에서는 보이지 않았다. 클로즈업으로 찍은

* 몸은 물고기, 머리는 호랑이인 상상의 동물로 나고야성의 장식이 유명하다.

다른 사진 속 케이크는 전부 맛있어 보였고, 진귀한 디저트뿐만 아니라 익숙한 슈크림 같은 것도 진열되어 있었다. 또 다른 사진에서는 수염을 기른 젊은 백인 남성과 일본인으로 보이는 중년 남성이 와인글라스를 손에 들고 웃고 있었으며, 그 뒤에서는 뭐 즐거운 일이라도 있었는지 세일러 교복을 입은 소녀가 비스듬히 위쪽을 쳐다보며 활짝 웃고 있었다. 사진에 "교류 파티는 성황리에"라는 글이 붙어 있었는데 마지막 '에'라는 글자가 소녀의 머리와 겹쳐 있었다.

아니, 이 아이는…….

"코기잖아?"

코기 코스모스, 작년 가을 어쩌다 알게 된 중학생이다. 이 세일러 교복도 본 적이 있다 했더니 코기가 다니는 레이치 중학교 교복이잖아?

"맞아."

오사나이는 그렇게 말하더니 살짝 눈썹을 찌푸리고 단팥죽을 먹었다. 오호라, 결국…….

"샘이 났구나?"

"부러워서 그래."

영광스러운 자리에서 당당히 이탈리아 과자를 즐기며 웃고 있는 코기와 작년의 자신을 비교해보고 조금 처량해진 것이리라. 오사나이의 숟가락이 빨라졌다.

"이 기사를 봤을 때 난 열이 있었어. 침대 속에서 너무 힘들어서, 다 나으면 분명 좋은 일이 있을 거다, 좋은 일이 없으면 수지가 맞지 않는다고 생각하면서 멋진 파티 기사를 읽었더니 코기가 뺨에 크림을 묻히고 웃고 있는 거야."

듣고 나서 자세히 보니 확실히 코기의 뺨이랄까 입술 끝에는 크림이 묻어 있었고, 그게 또 더없이 행복해 보였다.

"그건 샘 날 만하네."

"부러웠다니까."

그렇게 의미가 다른가……?

"일단 묻겠는데, 열은 내렸어?"

오사나이는 살짝 눈을 동그랗게 떴다.

"응, 이젠 괜찮아. 고마워."

천만에. 오사나이는 떡을 쏙 삼키고 차조기로 자줏빛을 낸 가지절임으로 입가심을 하더니 한숨을 쉬었다.

정보지를 덮고 "오르카"라는 타이틀이 적힌 표지를 다시 보니 이름 모를 여배우가 파르페를 앞에 두고 미소를 짓고 있었다.

"이거 굉장한 잡지네. 오르카라는 건 케이크 용어 같은 거야?"

오사나이는 단팥죽을 뜨면서 짤막하게 대답했다.

"샤치."

샤치라면 범고래인데, 듣고 보니…… 단순히 나고야의 지역 정보지니까 나고야가 연상되는 이름을 붙인 모양이다. 오사나이는 단밤조림을 오물오물 먹고 녹차를 마시더니 왼손 집게손가락을 좌우로 흔들었다.

"《오르카》는 원래 평범한 지역 정보지였는데, 육 년 전쯤에 편집장이 바뀐 뒤로 디저트에 주력하기 시작했어. 이 차별화 노선이 성공해서 지금은 시외에서도 잘 팔려."

"아, 무료 배포가 아니구나."

"고바토, 말없이 집어 간 적은 없겠지?"

그런 짓을 할 리가. 오사나이는 왼손 집게손가락을 흔들며 말을 이었다.

"특히 해마다 게재하는 '연말 《오르카》가 주목한 올해의 디저트 가게 랭킹'은 의외로 영향력이 강해서, 이 순위에 들면 도쿄나 오사카의 백화점에서도 관심을 보인다는 소문이 있어. 작년까지는 삼 년 연속으로 야고토에 있는 마로니에 샹이 1위였지만 올해는 1위가 바뀌었어."

예상이 된다.

"혹시, 코기 하루오미?"

오사나이가 만족스럽다는 듯이 끄덕였다.

"잘 아네, 고바토. 맞아. 파티스리 코기 아넥스 루리코가 올해의 1위였어."

가을에 오픈했을 텐데 연말 랭킹에서 단숨에 1위를 꿰차다니, 경이로운 속도로 진격했다고 해야 하나. 그런 가게에 오픈 직후부터 찾아갔으니 오사나이의 안테나는 실로 성능이 좋다.

"굉장하네. 가볼 수 있어서 다행이었네."

진심으로 한 말이었는데 오사나이의 표정이 갑자기 어두워졌다.

"그래. ……그저 맛있었다고 말하고 돌아올 수 있었다면 더 좋았을 텐데."

아아, 또 어두워지고 말았다. 오사나이는 녹차를 단숨에 들이켜더니 찻잔을 테이블에 거칠게 내려놓았다.

"……어쨌거나 올해는 좋은 일이 있으면 좋겠어. 과자 속에 이상한 물건도 들어 있지 않고, 모처럼 산 타르트를 도둑맞는 일도 없이, 케이크를 먹고 싶었을 뿐인데 갑자기 끌려가지도 않고, 충족된 기분으로 멋진 과자를 마음껏 맛보고 예, 이제 충분히 먹었습니다, 고맙습니다, 라고 말하고 싶은 거야."

마죽인가?*

"그 점에서 오늘은 괜찮겠네."

격려할 생각으로 그렇게 말했는데 오사나이는 조금 고민하는 듯하더니 끄덕였다.

"응. 단팥죽, 굉장히 맛있어. 몸이 녹아."

그렇지만 진심으로 충족되지는 않은 모양이다. 운수대통을 기원할 새해 첫 디저트로 정월에 어울리게 떡을 먹었고, 맛있다는 것도 사실이겠지만, 삼매경과는 조금 뉘앙스가 다른 느낌이다. 이렇게 애처로운 이야기를 들었으니 저녁 식사를 염려할 때가 아니다. 일찌감치 그릇을 비우고 내 앙금 단팥죽을 힐끔거리는 오사나이에게 제안했다.

"한 그릇 더 주문하지 그래?"

"어…… 하지만, 그런…… 안 돼, 고바토. 하지만…… 그럴까?"

누구더러 보라고 고민하는 척하는 걸까? 결론이 났다면 오로지 행동할 따름 아닌가! 그리고 실제로 오사나이가 점원에게 한 손을 든 순간, 나직한 소리가 귓가에 들렸다. 진동으로 설정한 휴대전화가 착신을 알리는 소리다. 무심결에 주머니

* 마죽에 집착하는 주인공을 다룬 아쿠타가와 류노스케의 단편소설 「마죽」에 빗댄 것.

를 더듬었지만 내 휴대전화는 조용했다. 오사나이가 치마 주머니에서 휴대전화를 꺼내 착신 표시를 보고 중얼거렸다.

"호랑이도 제 말 하니까."

그렇다는 것은 코기 코스모스의 전화다. 오사나이는 자리에서 일어섰다.

"잠깐 받고 올게."

단팥죽을 다 먹고 난 뒤라 다행이다. 미닫이문을 열고 밖으로 나가는 오사나이를 지켜보며 나는 다시 내 앙금 단팥죽을 먹기 시작했다. 그릇은 아직 뜨거웠고, 고운 단팥죽은 굉장히 단데도 질리지 않았다. 가게에서 단팥죽을 먹는다는 생각은 해본 적도 없었는데 좋은 걸 배웠다. 새콤한 가지절임도 입가심에 안성맞춤이고, 중간중간 마시는 녹차도 평소보다 맛있게 느껴졌다. 아아, 몸이 녹는다.

그때 차가운 바람이 들어왔다. 오사나이가 미닫이문을 열고 돌아온 것이다. 어지간히 추웠는지 두 팔로 몸을 끌어안고 있다. 방한구도 없이 밖에 나갔으니 그럴 법도 하다. 천천히 의자에 앉는 표정이 조금 흐린 것은 비어버린 내 그릇과 조금은 상관이 있을 것 같지만, 그게 이유의 전부는 아닐 것 같다.

"왜 그래?"

그렇게 묻자 오사나이는 먼저 따뜻한 녹차를 한 모금 마시고 고개를 갸웃거렸다.

"나도 사정은 잘 모르겠는데."

대답이 거기 나와 있기라도 한 것처럼 휴대전화를 바라본다. 화면이 꺼진 휴대전화를 주머니에 도로 넣으며 말을 이었다.

"코기가 정학 처분을 받았대. 펑펑 울고 있어. 자기는 결백하다고."

2

돌아온 토요일, 나는 아침부터 오사나이와 나란히 도카이도 열차를 타고 나고야로 향했다.

중학교 시절, 내 주변에도 여러 가지 일이 있었다. 떠올리기 싫은 일이나…… 그리고…… 으음, 떠올리기 싫은 일들뿐이군. 어쨌거나 사회 규범에 반하는 행동을 하는 학우들도 몇 명 있었지만 그들은 학생 지도실에서 호된 견책은 받았어도 정학까지 가지는 않았다. 오사나이나 내가 다녔던 중학교는 공립이라 의무교육을 받는 학생의 출석을 금지하는 건 문제가 되기 때문이다. 코기가 받은 처분은 정확하게 말하면 '자택 학습'이라는데, 결국 내용은 정학이라 사립이기에 가능한 조치라는 점에서 새삼 놀라웠다.

오사나이가 상심한 코기를 위로하러 가는 건 딱히 이상한 일이 아니다. 하지만 이번에는 나까지 불렀다.

코기는 나를 좋게 보지 않을 텐데, 오사나이의 설명에 따르면 이러했다.

"조금 거북하기는 한 모양이지만 본인이 고바토가 와주길 바라고 있어. 문화제 때 나를 구하려고 했잖아? 그걸로 고바토를 보는 눈이 조금 달라졌나 봐. 함께 이야기를 들어달래."

나는 자존심이 충족되어 기뻤다……고 말할 수는 없었다. 코기에게는 아무 죄도 없지만 친하지도 않은 남에게 기대를 받으면 찜찜한 일이 떠오른다. 소시민을 지향하자고 오사나이와 약속하기 전의 내 모습을. 뭐, 그렇다고 부탁을 거절할 정도로 자신을 우선할 생각은 없었다.

역시나 폭신폭신하게 껴입은 오사나이와 나고야 역에서 지하로 내려가 복잡하고 기괴한 루트를 지나 지하철 히가시야마선 가쿠오잔 역에서 지상으로 올라가니 기가 막힐 정도로 맑은 겨울 하늘이 나왔다. 주변은 주택가인지 폭이 넓은 길 양옆에 오륙 층짜리 맨션이 늘어서 있다.

오사나이는 와본 적이 있는지 주위를 살펴보고는 바로 "이쪽"이라며 걸음을 뗐다.

간선도로에서 멀어지자 주위는 대번에 조용해졌다. 아스

팔트는 빛이 바랬고 '일단 멈춤' 간판은 조금 기울었다. 단독주택도 많아 산울타리에서 떨어진 잎이 차가운 바람을 타고 도로 위를 굴러갔다. 오사나이는 새하얀 4층짜리 맨션 앞에서 걸음을 멈추고 유리문 앞에 섰다. 문은 열리지 않았다.

"……어라?"

"나는 처음 와봐서 잘 모르지만 자동 잠금 아니야?"

오사나이는 아무 말 없이 처음부터 그럴 예정이었다는 듯이 유리문 옆 패널을 조작했다. 바로 탁한 목소리로 대답이 돌아왔다.

"네."

"안녕하세요. 오사나이 유키예요."

대번에 패널 너머에서 반색하는 목소리가 들려왔다.

"아, 예! 지금 열게요!"

문이 열렸다. 나는 놓치지 않았다. 문이 열리는 순간, 오사나이가 "열려라, 참깨"라고 중얼거린 것을.

코기의 집은 최상층 모퉁이였다. 잘은 모르지만 이건 상당히 좋은 위치 아닌가? 그녀의 아버지 코기 하루오미는 도쿄에서 가게를 운영하는 유명 파티시에라고 오사나이에게 들은 적이 있다. 코기 하루오미는 원래 나고야 출신이라는데 자택이 맨션인 것은 조금 뜻밖이었다. 오래된 단독주택일 거라고 멋대로 상상하고 있었다.

다갈색 문 앞에서 오사나이가 인터폰을 눌렀다.

"안녕하세요. 오사나이 유키예요."

문이 안쪽으로 벌컥 열렸다.

"유키 선배!"

코기가 오사나이의 모습을 보자마자 이름을 부르며 매달려서 울음을 터뜨렸다. 오사나이는 몹시 당황한 기색으로 어색하게 손을 들어 쭈뼛쭈뼛 코기의 머리에 얹더니, 그래도 다정하게 쓰다듬어주었다.

코기는 우리를 거실로 안내했다. 화이트와 유리가 기조인 공간인지, 벽도 그렇고 천장도 그렇고 가구도 그렇고, 투명감으로 가득했다. 검정색은 꺼져 있는 텔레비전 정도이려나. 청결한 느낌의 공간이라고 생각하면서도 병실을 연상하지 않을 수 없었다. 거실 중앙 테이블에 놓인 꽃병 속 꽃다발의 선명한 색조도 그 인상을 누르지 못하고 오히려 강하게 만들 뿐이었다.

사이드보드 위에 유리 액자가 있었는데, 앞면을 아래로 엎어놓았다. 벽에 걸려 있는 디지털시계가 11시를 가리키고 있다. 코기는 허브티를 내주었고 나와 오사나이는 하얀 소파에 앉아 찻잔을 받았다. 날이 춥네 맑네 하는, 대화에서 빼놓을 수 없는 무의미한 응수를 거쳐 이야기는 본론으로 들어갔다.

"메시지로 대강은 봤는데."

오사나이가 그렇게 말을 꺼냈다.

"어째서 정학을 받게 됐는지 다시 말해줘."

혼자 방석에 앉아 있던 코기는 순순하게 끄덕였다.

"그믐날에 반 친구들 몇 명이 파티를 했대요. 다른 학교 친구들도 불러서, 잘은 모르지만 카운트다운 같은 걸 했대요. 그러다 보니 신이 나서 샴페인도 마셨다고 들었어요."

있을 법한 일이다. 잠자코 끄덕거리는데 코기의 눈에 또 눈물이 그렁그렁 차올랐다.

"난 아무 상관 없는데. 전 그믐날에 혼자서 정월 음식을 만들고 있었어요. 새해가 밝으면 아버지도 돌아올 테고, 할아버지 댁에 인사도 하러 갈 테고, 대청소도 못 끝내서 바빴다고요. 하지만 학교 선생님은 너도 파티에 있었지, 술을 마셨지, 하고 제 얘기는 듣지도 않고 무조건 다그치는 거예요."

눈물이 뺨을 타고 흘렀다. 오사나이가 무표정하게 물었다.

"학교 선생님이라고 했지? 네게 정학을 통보한 건 누구야?"

"후카야라는 담임선생님이에요. 이미 결정된 일이니 자기한테 뭐라고 해도 소용없다고……. 그 선생님, 저를 싫어한다고요!"

후카야 선생님이 코기를 정말 싫어하는지는 모르겠지만 처분을 전할 때의 표현은 마음에 걸린다. 그 표현을 그대로 해석한다면 정학 처분을 결정한 것은 다른 사람이고, 자기는 단순한 전달자라는 것처럼 들리기 때문이다.

코기가 한층 더 목소리를 높였다.

"제가 한 행동으로 벌을 받는 건 어쩔 수 없지만 아무 짓도 안 했는데! 저도 그믐날은 할아버지 댁에 가고 싶었지만 아버지가 집안일을 맡기겠다고 해서 열심히 애썼는데, 파티에 갔다는 말이나 듣고! 용서할 수 없어요!"

"그러네."

오사나이가 조용히 말했다.

"용서할 수 없겠네."

한동안 코기의 통곡만 거실에 울려 퍼졌다. 나는 아무 말도 하지 못했고, 오사나이도 입술을 꾹 다문 채로 침묵하는 수밖에 없는 것 같았다.

마음을 조금 추스른 코기가 그래도 훌쩍거리며 말을 쥐어짜냈다.

"유키 선배, 전 분해요. 누군가 저도 파티에 있었다고 말한 거예요. 누가…… 왜 그런 짓을……."

"……알고 싶어?"

오사나이가 그렇게 중얼거렸다.

"분명 네 이야기만 들으면 누군가 거짓말을 했다고 생각할 수밖에 없어. 그게 누구였는지…… 누가 너를 덫에 빠뜨리고 모함했는지…… 어쩌면 그건 알 수 있을지도 몰라."

코기가 새빨간 눈으로 오사나이를 바라보았다.

"잘 들어, 코기. 네 적이 누구였는지, 정말 알고 싶어?"

말이 떨어지기 무섭게 또렷한 대답이 돌아왔다.

"네."

나는 알 수 있다. 오사나이는 코기가 포기하길 원하는 것이다. 부조리한 상황에 체념하고, 이런 일도 있다고 받아들이는 소시민이 되기를 바라고 있다. 그렇기에 오사나이는 거듭 말했다.

"숨은 사정을 알려고 하면 대개 대가를 치르게 돼. 이런 짓까지 해가면서 알고 싶었던 건 아니라고 생각하게 될지도 몰라. 그래도? 무슨 일이 있어도?"

코기는 망설이지 않았다.

"무슨 일이 있어도!"

그렇게 부르짖었다.

"용서할 수 없단 말이에요!"

"……그래."

고개를 숙이고 있어 오사나이의 표정은 알 수가 없었다. 슬퍼하고 있었을까? 아니, 어쩌면 웃고 있었을까? 오사나이는 하얀 소파에 몸을 깊숙이 묻고 이렇게 말했다.

"알았어. 내가 도와줄게."

이번 일로 정학 처분을 받은 사람은 네 명이라고 한다. 가야즈 미쓰키, 사다 나나코, 도치노 미오, 그리고 코기 코스모스. 모두 중학교 3학년이고 같은 반이다.

코기를 제외한 세 사람 가운데 리더는 가야즈라고 했다.

"별로 이야기해본 적은 없지만 틀림없을 거예요. 나머지 두 사람은 가야즈를 따라다니는 느낌이었고……."

그렇다고 한다. 어떤 분위기의 아이인지 오사나이가 묻자 코기는 사진을 몇 장 가져왔다. 반에서 나눠준 운동회 때 사진이라는데 모두 체육복을 입고 있었다.

"얘가 가야즈예요."

연말 파티로 술을 마시고 정학 처분을 받았다기에 요란한 외모일 줄 알았는데 그런 단순한 예상은 크게 빗나갔다. 생각해보면 코기가 다니는 레이치 중학교는 비교적 엄격한 곳이니, 지나치게 기발한 모습으로는 학교 행사에 참가할 수 없을 것이다. 릴레이 모습을 찍은 듯했는데 사진 속의 가야즈는 팔다리가 시원스레 길쭉하고 뒤로 묶은 머리카락은 풀면 제법 길 것 같았다. 생김새가 어른스러운 느낌은 있지만 어딘가 중학생 티는 묻어난다.

"외웠어."

오사나이는 그렇게 말했지만 내가 부탁해서 사진을 빌리기로 했다. 누군가에게 보여줘야 할 경우가 생길 수도 있다.

사다는 응원석에 앉아 있는 모습을 찍었을 뿐인데도 상당히 사나운 분위기의 아이였다. 아니면 카메라가 향하는 것을 알아차리고 찍히는 게 싫어서 노려보고 있을 때 포착된 걸까? 얼굴은 약간 동그스름한데 다른 사진으로 전신을 보니 딱히 살집이 있는 것 같지는 않다. 도치노는 이마가 훤칠한 것 같았지만 머리카락을 뒤로 넘긴 탓이리라. 피부는 햇볕에 그을어 가무잡잡했고, 사진 속에서는 줄다리기에서 진 직후인 듯 불만스러운 표정이다.

"별로 이야기해본 적이 없다고 했는데, 가야즈 그룹하고는 사이가 나빴어?"

혹시 몰라 그렇게 묻자 코기는 고개를 가로저었다.

"아뇨. 학급 행사에서는 서로 돕기도 했고 용건이 있으면 얘기도 했어요."

내게는 역시 거리감을 느끼는 눈치였지만 질문에는 순순히 대답해주었다. 나도 이야기를 들어주길 바랐다는 건 빈말이 아닌 모양이다.

"하지만 학교 밖에서 만난 적은 한 번도 없어요. 어째서 절 가야즈 그룹으로 오해했는지 모르겠어요."

특별히 문제 되는 점은 없는 발언이었지만 오사나이가 날카롭게 끼어들었다.

"……정말 한 번도 만난 적 없어?"

코기의 표정이 얼어붙었다. 아아, 어딘가 말투가 딱딱하다 싶었더니, 남자 앞이라 긴장한 게 아니라 거짓말을 한 건가. 나는 꿰뚫어 보지 못했다.

"전부 말해주지 않으면 힘이 되어줄 수 없어. 나도, 고바토도, 네가 무슨 말을 해도 탓할 생각은 전혀 없지만 거짓말은 안 돼."

코기가 새빨간 얼굴로 고개를 숙였다.

"……딱 한 번, 함께 노래방에 간 적이 있어요. 문화제 뒤풀이로 반 아이들 절반 정도……. 하지만 술은!"

오사나이가 다정하게 미소를 지었다.

"알았어. 그것 말고 잊은 건 없어? 가야즈는 물론이고 사다나 도치노하고도 아무 일 없었어?"

"어…… 사다하고는 정말 한 번도 말해본 적이 없어요. 도치노는 제과에 관심이 있는 것 같아 친해지려고 노력했던 적이 있지만 왠지 성격이 안 맞아서. 저를 좋아하지 않는다고 할까, 피하는 느낌이었어요."

코기의 케이크 굽는 실력은 진짜다. 도치노가 취미 삼아 쿠키 굽는 걸 조금 좋아하는 정도였다면 피하는 것도 이해가 간다.

"역시 가야즈겠네……."

오사나이가 엄지손가락을 입술에 대고 중얼거렸다. 앞머리에 가린 눈으로 나를 힐끔 보더니 묻는다.

"고바토. 낯선 동네에서 잠복이 가능할까?"

"못 할 건 없겠지만. 오사나이는 가야즈하고 접촉하려는 거지?"

"응."

"그럼 잠복도 좋지만 이런 건 어때?"

코기에게 물었다.

"가야즈의 전화번호나 연락처 알아? 안다면 이야기 좀 하고 싶다고 연락해봐."

오사나이가 손을 탁 쳤다. 그런 수가 있었구나, 하는 반응이겠지. 잠복이나 감시부터 떠올린다는 점이 실로 반소시민적이다. 나중에 찬찬히 이야기하자. 코기는 끄덕이더니 바로 휴대전화를 가지고 왔다.

3

가야즈 미쓰키는 코기의 요청을 흔쾌히 받아들였다. 마침 점심때라 각자 식사를 마치고 1시에 나고야 역 지하상점가 카페에서 만나기로 약속했다. 코기의 말에 따르면 별로 인기 없는 가게로, 토요일 오후에도 문제없이 들어갈 수 있다고 했다.

이 회견에 코기는 동행하지 않는다. 만약 '자택 학습' 명령을 받은 코기와 가야즈가 접촉했다는 사실이 들통나면 코기는 가야즈 그룹의 일원이라는 의혹을 증명하는 셈이 되기 때문이다. 코기의 '사촌 언니'가 이야기를 듣는다는 설정으로 가야즈에게도 양해를 구했다.

코기의 집에서 나와 나고야 역으로 돌아가 지하상점가에서 잠깐 길을 헤맸지만 12시 반에는 약속한 가게에 들어갔다. 약속 장소로 지정한 카페는 '부악富嶽'이라는 고풍스러운 이름이었는데 내부 인테리어도 고풍스럽고, 나오는 음악도 고풍스럽고, 콧수염을 기른 과묵한 카페 주인도 고풍스러운데다가 커피만 주문했는데 토스트와 미니 샐러드, 삶은 계란에 유부초밥까지 딸려 나왔다. 가야즈와 직접 접촉하는 것은 오사나이 혼자 하기로 하고 나는 오사나이와 가까운 자리에서 몰래 엿들을 계획이다.

오사나이는 나중에 한 명 더 올 거라고 설명하고 4인석 소파 자리를 혼자서 차지했다. 휴대전화로 "푸딩 아라모드가 있어"라는 메시지를 보내왔기에 "점심 식사가 될 만한 걸로 시켜"라고 답장을 보냈다. 오사나이도 디저트로 식사를 때울 마음은 없었는지 샌드위치를 시켰다. 나도 오사나이도 무사히 식사를 마치고 오사나이는 코코아를, 나는 커피를 리필하고 약속 시간을 기다렸다.

예상외로 성실한 성격인지 가야즈는 정확히 약속 시간에 나타났다. 사진으로 보았던 얼굴이 오늘은 머리카락을 내리고 털이 달린 블루종을 입고 왔다. 그리 넓지도 않은 가게 안을 둘러보더니 혼자 있는 여자 손님이 오사나이밖에 없다는 것을 알고는 어리둥절한 듯 눈썹을 찌푸리며 다가왔다.

"……그쪽이 코기의 사촌 언니?"

사나운 목소리였다. 두 손으로 컵을 쥐고 코코아를 불고 있던 오사나이가 고개를 들었다.

"맞아, 오사나이 유키. 네가 가야즈구나? 휴일인데 고마워."

가야즈는 아무 대답 없이 권하기도 전에 소파에 앉았다. 내 자리에서는 가야즈의 얼굴이 보이고, 오사나이는 뒤통수만 보였다. 가야즈는 점원에게 바나나주스를 주문하고 물수건으로 손을 닦은 뒤에 입을 열었다.

"코기는 괜찮아?"

예상하지 않은 질문이었는지 오사나이가 한 박자 늦게 대답했다.

"울적해하고 있어."

"그렇겠지. 불쌍한 녀석."

그리고 오사나이를 뚫어져라 보더니 물었다.

"같은 나이?"

"난 고등학생이야."

가야즈는 아무래도 상관없다는 듯 손을 저었다. 아마 믿지 않는 것이리라.

바나나주스가 테이블에 도착하자 가야즈는 단숨에 절반이

나 들이켰다. 오사나이가 이야기를 꺼냈다.

"코스모스한테서 너희들이 연말에 술을 마셨고, 자기는 그런 적이 없는데 함께 정학 처분을 받았다고 들었어. 잘못된 부분이 있으면 말해줄래?"

"좋아, 그런데 잘못된 부분이 없어. 친구네 집에서 카운트다운 파티를 했는데 샴페인하고 시드르가 나와서 우리도 조금 마셨어. 코기는 그 자리에 없었는데 같이 있었다고 정학 처분을 받았어. 전부 맞아."

가야즈는 나른하게 소파 등받이에 몸을 기댔다.

"남자도 있었다는 소문이 도는 모양인데, 기가 막혀. 아니, 있긴 했지, 일곱 살이었나? 중간에 잠들었어. 그래서 우리도 근처 공원에서 불꽃놀이를 하고 놀았고."

술을 마신 건 잘못이지만 그저 조금 즐거운 모임 아닌가? 오사나이가 질문을 거듭했다.

"몇 명이나 있었어?"

"열두세 명일까? 코기가 있어도 모를 정도로 많지는 않았어."

"친구들끼리 논 거였구나. 그게 어떻게 학교에 알려진 거야?"

가야즈는 천장을 바라보았다.

"멍청한 녀석이 있었거든. 사진을 찍은 건 좋은데, 그걸 인터넷에 올린 거야. 그걸 본 어느 참견꾼이 신고했어. 학생지도교사가 불러서는 사진을 들이대면서 왜 불렀는지 알지 않느냐고 다그치더라."

"그래……. 그건 안됐네."

"뭐, 어쩔 수 없지."

꽤나 털털하다. 아니면 그저 남 앞이라 허세를 부리는 걸까? 너무 고개를 들면 의심을 살지도 몰라 나는 눈앞의 커피잔만 바라보았다. 이건 이것대로 기묘한 행동이지만.

"인터넷에 올라갔다는 사진은 갖고 있어?"

"아. 글쎄. 잔뜩 찍어서……. 잠깐만."

블루종 호주머니에서 휴대전화를 꺼내 잠시 만지작거렸다.

"있다, 있어. 이거야. 다 같이 건배하는 사진."

가야즈가 휴대전화를 오사나이에게 보여주자, 오사나이는 잠깐 뜸을 두고 말했다.

"코스모스는 없네."

대번에 가야즈가 기가 막힌다는 듯이 말했다.

"당연하잖아. 없었으니까. 그렇다고 했잖아."

"하지만 코스모스는 정학 처분을 받았어. 신고한 사진에는 없었는데. ……이유가 뭘까? 가야즈, 왜 그런지 알아?"

"글쎄. 우리는 정학을 받은 다음 날 학교에 불려갔는데, 학생지도교사 산폰기가 코기도 있었던 것 다 안다면서 다그치더라."

가야즈가 거칠게 말했다.

"미리 말해두는데 코기는 없었다고 말했어. 난 변명할 여지도 없고, 할 생각도 없었어. 하지만 있지도 않았던 코기를 끌어들일 생각은 없었으니까 걔는 거기에 없었다고 몇 번이나 말했어. 그랬더니 다짜고짜 거짓말하지 말라면서 내 얘기는 듣지도 않는 거야."

"산폰기 선생님은 늘 그런 식으로 남의 말을 안 들어?"

오사나이가 싸늘하게 묻자 가야즈가 고개를 갸웃거렸다.

"아니……. 그렇진 않아. 그야 학생지도교사니 인상은 험해. 쩌렁쩌렁한 목소리로 겁을 주니까 난 그 인간이 싫어. 하지만 히스테릭하게 있지도 않은 일을 떠벌리는 타입은 아니야. 그런 인간은 따로 있으니까, 산폰기가 다른 타입이라는 건 확실히 알 수 있어."

그러더니 살짝 쓴웃음을 흘렸다.

"뭐, 그래. 난 코기는 물론이고 마로도 나나도 없었다고 말했으니, 그래서 믿어주지 않은 거라면 코기한테는 조금 미안하네."

"마로? 나나?"

오사나이가 앵무새처럼 물었다.

"응. 마로는 도치노, 나나는 사다. 사다 나나코니까. 마로는…… 그러고 보니 왜 마로지? 그냥 다들 그렇게 불러."

도치노와 사다도 파티에 있었다는 증거가 나왔는데 없었다고 주장했다면 확실히 가야즈의 발언은 아예 믿어주지 않았으리라. 물론 그게 코기에게 불리하게 작용했다는 생각은 비약이지만.

오사나이는 잠시 고민하다가 물었다.

"그 사진 나한테 보내줄 수 있어?"

정학의 원인이 된 사진인데 가야즈는 그리 경계하는 기색도 없었다.

"좋아, 별것도 아닌데."

두 사람은 한동안 데이터를 주고받았다.

"잘 다독여줘. 걔, 이런 일은 처음일 테니까."

마지막으로 가야즈는 그렇게 말하고 바나나주스를 단숨에 마시더니 정확히 주스값만큼의 동전을 테이블에 내려놓고 떠났다.

가야즈가 떠난 것을 확인한 나는 점원에게 테이블을 옮기고 싶다고 말하고 오사나이의 맞은편에 앉았다. 코코아잔을 손에 든 오사나이가 물었다.

"들렸어?"

"응, 잘 들렸어."

"산폰기 선생님을 만나봐야 해."

"빛이 조금 보이네."

오사나이는 고개를 끄덕였다. 가야즈는 사진이라는 증거를 근거로 정학 처분을 받았으니 코기가 정학을 받을 때 아무 증거도 없었다고 생각하기는 어렵다. 그리고 코기의 결백을 믿는다면 그 증거는 날조된 것이고, 거기에는 작위성이 있다. 작위성은 발자취다. 추적할 수 있다.

"하지만 접촉하기 어렵겠지."

"맞아……."

학교는 폐쇄적인 장소다. 문화제 당일이면 또 모를까, 관계자가 아닌 사람은 접근할 수 없다. 가야즈로부터는 '코기를 걱정하는 사촌 언니'라는 입장으로 이야기를 들을 수 있었지만 산폰기 선생님을 상대로 그런 거짓말은 통하지 않는다. 만나주지도 않겠지.

오사나이는 표정 없이 잔을 내려놓고 두 손을 머리에 댔다. 머리를 감쌀 정도로 사면초가에 빠졌다는 뜻일까? 어쩌면 머리를 마사지해서 아이디어를 내놓으려고 하는 걸지도 모른다. 아마도 전자겠지. 산폰기 선생님에게 이야기를 들으려면 아무래도 합당한 입장이 필요하다.

"산폰기 선생님을 미행해서……."

알았으니 미행 얘기는 이제 그만. 괜히 문제가 커질 수 있다. 나는 식어가는 커피를 마시며 깊이 생각하지 않고 말했다.

"면담을 요청했을 때 무시하지 못하는 상대는 보호자뿐이겠지."

나나 오사나이가 아무리 연기력을 발휘해도 코기의 보호자로는 보이지 않을 것이다. 두 손 들었다는 의미로 말한 건데, 오사나이가 갑자기 소리를 질렀다.

"아, 그렇구나! 역시 고바토야. 코기의 보호자에게 도와달라고 하면 돼. 간단한 일이야."

"그럴까? 코기의 아버지는 분명 도쿄에서 가게를 운영하는 파티시에였지?"

"코기 하루오미야. 만반의 준비를 마치고 오픈한 파티스리 코기가……."

"고마워. 지난번 강의는 기억하고 있어."

코기 하루오미는 휴일에만 나고야 자택에 돌아온다고 한

다. 장사 대목인 주말에 쉬지는 않을 테니 토요일인 오늘, 그는 이 동네에 없다. 그리고 코기 코스모스의 어머니는 고인이다.

"……생각해보니 코기는 평소 어떻게 지낼까? 아직 중학생인데 그 맨션에서 혼자 사는 거지?"

문득 생각나서 중얼거리자 오사나이가 싸늘하기 짝이 없는 시선으로 쳐다보았다.

"이제 와서 그런 소리를 하는 거야?"

작년 가을에 이미 알지 않았느냐고 말하고 싶은 눈치다. 맞는 말이지만 지금 이 순간까지 코기의 생활을 신경 쓴 적은 없었다.

"근처 단독주택에 할아버지하고 할머니가 계셔서 이래저래 돌봐주시는 모양이야. 아버지는 도쿄에서 함께 살자고 한다는데 이쪽에는 친구도 있고, 지금 학교도 열심히 공부해서 시험을 치르고 들어왔고, 이제 일 년밖에 안 남았으니 어쩔까 계속 고민중이라고 했어."

"그렇구나."

딱히 코기를 걱정한 건 아니지만 조금 마음이 놓였다. 각자 음료를 마셨다. 이윽고 오사나이가 입을 열었다.

"방법은 하나야."

오사나이가 말하는 방법이 무엇인지, 나도 짐작할 수 있었다.

"그래, 하나야."

근처에 산다는 조부모에게 도움을 요청해도 학교의 단단한 문은 뚫을 수 없으리라. 걱정하는 심정은 이해하지만 연락은 보호자를 통해서 해달라는 대답을 듣는 게 고작이다. 지금은 어떻게든 부모라는 입장이 필요하다.

코기 하루오미는 자기 가게에서 일하는 파티시에 다사카 루리코와 재혼을 고려하고 있었다. 만약 혼인신고를 마쳤다면 호적상 다사카 루리코는 코기 코스모스의 어머니가 된다. 그리고 다사카 루리코는 이 동네에서 작년에 문을 연 파티스리 코기 아넥스 루리코의 점장이다. 즉, 이 동네에 있다. 남은 문제는 한 가지뿐이다.

"코기가 싫어하지 않을까? 아버지의 재혼에 반발했잖아."

코기는 자기 문제에 다사카 루리코가 관여하는 것을 결코 좋게 여기지 않을 것이다. 하지만 오사나이는 태연히 넘겼다.

"당연히 싫어하겠지. 하지만 방법은 하나뿐이야. 일단 정말 재혼했는지 코기에게 확인해야겠어."

그러더니 오사나이는 자리에서 일어나 고풍스러운 점장에게 "밖에서 전화 좀 하고 올게요"라고 말하고 가게에서 나갔다. 뭐, 그럴 줄 알았다. 코기는 오사나이에게 도움을 청했고, 오사나이는 거기에 응했다. 그렇다면 취해야 할 방법이 있는 이상 망설이지 않는다. 그 방법을 코기가 어떻게 생각하더라도.

오사나이는 바로 돌아왔다.

"괜찮대."

그거 다행이다. 남은 커피를 마시고 자리에서 일어났다. 지하라서 거리감을 잘 모르겠지만 파티스리 코기 아넥스 루리코는 여기에서 그리 멀지 않을 터였다.

4

지하상점가에서 밖으로 나오자 겨울철 빌딩 바람이 불어닥쳤다. 마스크와 귀마개, 목도리, 장갑을 완비한 오사나이는 단단히 작정한 듯이 걸음을 뗐다.

“코기도 전화를 받고 깜짝 놀랐겠지?”

걸어가면서 그렇게 묻자 오사나이는 끄덕였다.

“어째서 그런 걸 묻느냐고 했어.”

“뭐라고 대답했어?”

“필요해서 묻는다고 했어.”

연하의 아이에게는 조금 더 다정하게 대해도 될 텐데. 그렇게 생각하고 있는데 오사나이가 갑자기 휴대전화를 꺼냈다. 화면을 슬쩍 보더니 바로 코트 주머니에 집어넣는다.

"코기야?"

"응. 그 사람한테 말할 바에는 아무것도 하지 말아달래."

뭐, 그렇게 말하겠지.

"그래도 가는구나?"

오사나이는 나를 힐끗 올려다보았다. 어떻게 대답할지 알면서, 라고 말하고 싶은 듯 타박하는 눈초리로.

"그 애가 무슨 일이 있어도 알고 싶다고 했으니까."

그래, 분명 그렇게 말했다. 말에는 책임이 따르고, 친절하게 고통까지 예고해주었다. 오사나이는 걸음을 조금도 늦추지 않았다. 어찌나 성큼성큼 걷던지 빨간 신호에 그대로 달려들 뻔해서 옷깃을 붙잡아 세웠다.

걸어가면서 오사나이가 물었다.

"가야즈가 한 이야기에서 뭔가 이상한 점은 없었어?"

있다면 있다.

"가야즈 그룹한테는 산폰기 선생님이 통보했고, 코기한테는 담임인 후카야 선생님이 통보했어. 하지만 그건 단순히 그때 누구에게 시간적 여유가 있었다거나, 가야즈 그룹이 특별히 문제아로 간주되었기 때문이라거나, 그런 차이겠지. 중요한 문제 같지는 않아."

오사나이가 끄덕였다.

"하지만 가야즈 그룹과 코기 사이의 시간 차는 이상해."

오사나이는 목도리 속에 파묻힌 고개를 힘겹게 갸웃거렸다.

"시간 차……?"

"가야즈 그룹은 파티 사진이 인터넷에 올라가서 정학을 당했어. 아마 도치노하고 사다도 마찬가지겠지. 하지만 코기는 달랐어. 혼자만 하루 늦었어. 그 이유가 궁금하긴 해."

오사나이가 만족스럽다는 눈으로 끄덕거렸다.

"난 그건 주목하지 않았어. 역시나 고바토야."

그러지 마라.

이 시간 차가 무엇을 뜻하는지 지금은 확실한 답을 내놓을 수 없다. 몇 가지 가설은 있지만 그것을 토의하기에는 아직 조사해야 할 문제가 많고, 무엇보다 빌딩 바람이 불어닥치는 길거리는 불편한 장소였다. 눈에 익은 교차점이 보였다.

네거리에 접한 빌딩 1층, 벽돌 느낌의 타일로 덮인 파티스리 코기 아넥스 루리코는 겨울 추위에도 아랑곳없이 손님들로 북적였다. 실내는 전부 만석이고 쇼케이스 앞에 줄 선 손님들은 웃는 얼굴로 케이크와 마카롱을 고르고 있다. 점원들은 그리 당황하지도 않고 각각의 주문을 처리하고 있었다. 오사나이가 그중 한 사람에게 틈이 나기를 기다렸다가 목도리를 내리고 말을 걸었다.

"죄송합니다. 점장님은 계실까요?"

"점장님 말씀이십니까?"

그렇게 되물은 점원은 별로 의아해하는 기색도 없이 대답해주었다.

"죄송합니다. 지금은 외출중입니다."

벽시계를 보니 2시가 조금 지났다. 외출이라는 건 핑계고 가게 안쪽에서 점심 휴식을 취하고 있는 건지도 모른다. 오사나이도 같은 생각을 했는지 주머니에서 곱게 접은 종이를 꺼내 점원에게 건넸다.

만약 돌아오시면 이 종이를 전해주시겠어요? 전 코기 코스모스의 친구인데 급히 점장님께 말씀드릴 일이 있어요.

이쯤 되자 점원도 수상쩍어하는 표정을 지었지만 오너인 코기의 이름이 조금은 먹혀들었는지 웃으며 "잠시만 기다려주세요"라고 말했다. 나는 가게 안쪽으로 사라지는 점원의 뒷모습을 보면서 물었다.

"저런 메모는 언제 썼어?"

오사나이는 살짝 웃었다.

"언제일까?"

말도 안 돼, 계속 같이 있었는데 알아차리지 못했다…….
잠시 후 점원이 돌아와서 "이쪽으로 오세요"라고 안내해주었다.

현대적이고 청결한 느낌의 가게에 비해 가게 안쪽은 평범한 빌딩 건물이었다. 손잡이가 없고 양쪽에서 밀어서 열 수 있는 문 너머는 작은 사무실이었다. 도시락이나 겨우 펼칠 수 있을 만한 작은 책상과 파이프의자가 가장 먼저 눈에 들어왔다. 책상 안쪽에는 서류를 너저분하게 쌓아 올린 투박한 사무용 책상이 하나 더 있었고, 그 앞에 여자가 앉아 있었다. 이 사람이 점장이리라. 가슴에 이름표를 달고 있었는데 풀네임으로 다사카 루리코라고 적혀 있는 점으로 보아 호적상으로야 어쨌든 직장에서는 결혼 전 성을 내세운다는 것을 알았다.

다사카 씨는 우리를 안내해준 점원에게 고맙다고 말하며 미소를 지었다. 점원은 고개를 꾸벅 숙이고 돌아갔다. 셋만 남은 좁은 방에서 다사카 씨가 의자를 권했다.

"편히 앉아."

우리는 목도리를 풀었다. 오사나이는 마스크와 귀마개와 장갑도 벗은 다음 각자 파이프의자를 당겨서 앉았다.

다사카 루리코는 갸름한 얼굴에 머리카락을 뒤로 단정하게 넘기고 있었다. 눈썹은 가늘고 눈은 어딘가 서글퍼 보였으며 입술은 조그맣다. 두 손을 책상 위에 얹고 있었는데 오른손으로 왼손을 감싸고 있었다. 화장기는 없었으며 목소리는 온화했다.

"코스모스의 친구라면서?"

"네."

"그래……."

서로 탐색하는 듯한 침묵이 깔렸다.

"그래서?"

다시카 씨가 먼저 입을 열었다.

"무슨 용건이지?"

다시카 루리코의 속마음을 꿰뚫어 보기라도 하려는 듯이 눈에 힘을 주고 있던 오사나이는 용건을 묻자 당당히 대답했다.

"코기 코스모스가 음주 의혹으로 정학 처분을 받았어요. 하지만 본인은 결백하다고 말하고 있고, 실제로 술을 마신 그룹도 코스모스는 그 자리에 없었다고 했어요. 학교는 코스모스도 그 자리에 있었다는 증거를 갖고 있는 듯한데, 저는 코스모스의 결백을 믿으니까 그 증거가 가짜라고 생각해요. 학교에 사정을 확인하고 싶은데 그러려면 코스모스의 보호자가 연락해줘야 해요."

다사카 씨의 미간에 약간의 동요가 스쳤다.

"……그런데 왜 여기에 왔어?"

오사나이는 바로 대답했다.

"다사카 씨가 코스모스의 보호자니까요."

다사카 씨의 입술에서 작은 한숨이 흘러나왔다.

"코스모스가 그렇게 말했니?"

"다사카 씨하고 아버지가 결혼했다고만 말했어요. 그 애는 제가 여기에 온 것도 모르고, 알면 아마 저를 용서하지 않을 거예요."

다사카 씨가 겹치고 있던 손을 바꾸자 왼손이 보였다. 반지는 보이지 않았다. 일할 때는 반지를 끼지 않는 것이리라.

"……정학이라니. 몰랐어."

그렇게 중얼거린 순간, 온화하고 이지적인 다사카 씨의 표정에 자조가 스친 것을 나는 놓치지 않았다. 하지만 그것을 입에 담지 않을 만큼의 최소한의 자제심은 간신히 몸에 익힐 수 있었다.

코기는 부조리한 징계를 한탄하며 오사나이에게는 울면서 전화했지만 다사카 씨에게는 아무 말도 하지 않았다. 당연한 일이리라. 그렇지만 도쿄에서 가게를 운영하고 있는 코기 하루오미가 딸의 정학을 몰랐을 리는 없다. 코기 코스모스가 숨기려 해도 학교에서 연락이 가기 때문이다. 하지만 그는 재혼 상대인 다사카 씨에게는 딸의 상황을 전하지 않았다. ……타인의 가정사에 이러쿵저러쿵할 생각은 없지만 나는 만나본 적도 없는 코기 하루오미가 왠지 싫어졌다.

"알았어."

다사카 씨의 말에서 망설임이나 당혹감이 싹 사라졌다.

"그래서 난 뭘 하면 되지?"

오사나이가 몸집도 작고 생김새도 어딘가 아이 같다는 사실은 부정할 수 없다. 행동도 늘 침착한 건 아니다……. 잔뜩 쌓인 마카롱을 보면 흐느적거리기도 하고. 그런 오사나이를 첫 만남에서 신뢰하고 지시를 구하는 어른은 처음 보았다. 오사나이도 조금 당혹스러워하면서 말했다.

"학교에 전화해서 학생지도부 산폰기 선생님하고 면담을 해주세요. 코스모스의 정학 건으로 꼭 직접 만나서 이야기를 나누고 싶다고 말씀해주세요."

"산폰기 선생님이란 말이지?"

"상대가 수락하면 저도 동행할게요. 언니라는 명목이면 되지 않을까요?"

다사카 씨는 잠깐 오사나이를 응시했다. 언니가 나을지 동생이 나올지 생각한 게 아닐까? 그러더니 벽에 걸린 달력으로 시선을 옮겼다.

"가게는 수요일이 휴일이고 이번 주 수요일은 텔레비전 취재가 있으니 그후에……."

그렇게 말하는 다사카 씨를 오사나이가 막았다.

"아뇨. 이런 건 한시라도 빠른 게 좋아요. 가능하다면 지금 당장."

"지금 당장?"

그 말에는 다사카 씨도 눈썹을 찌푸렸다. 그도 그렇겠지. 주말인 지금, 점장이 영업중인 가게를 비울 수 있을 리 없다. 눈이 허공을 헤매고 있다.

"하지만 토요일이니 학교도 휴일이고 그 선생님도 없지 않겠어?"

"그럴지도 모르지만 토요일에 출근하는 선생님도 많아요. 출근하지 않았다면 어쩔 수 없지만 있는지 없는지부터 확인해봐야죠."

산폰기 선생님이 있는지 없는지가 아니라 토요일에 다사카 씨가 가게를 비울 수 있는지가 문제라는 건 아마 오사나이도 알고 있을 것이다. 알면서도 속도를 요구하고 있다. 오사나이의 말은 지당하지만 가혹하다. 보통은 그 정도로 빨리 움직이지 못한다.

하지만 다시카 씨는 잠자코 끄덕였다. 사무용 책상에 놓아 두었던 휴대전화를 들고 전화를 걸었다. 중요한 학교 연락은 오지도 않을 텐데, 코기 코스모스의 중학교 전화번호는 등록해두었나. 잠시 후 상대가 받은 듯했다.

"여보세요? 바쁘실 텐데 죄송합니다. 저는 3학년 E반 코기 코스모스의……."

잠시 말문이 막히는 듯했다.

"어머니, 루리코라고 합니다. 휴일인 건 알지만 학생지도부 산폰기 선생님 혹시 계실까요?"

한동안 전화로 대화가 이어졌고 우리는 가만히 기다리고 있었다. 오사나이는 살짝 숨을 돌리고 신기하다는 듯 실내를 둘러보기 시작했다. 평범하게 살풍경한 사무실이긴 하지만 파티스리의 종업원 공간에 들어온 건 처음일 테니 흥미진진하리라.

이윽고 통화를 마친 다시카 씨는 휴대전화를 든 채 말했다.

"계시대. 가자."

가게는 괜찮은지 마음에 걸린다. ……아니, 괜찮을 리가 없다. 그래도 다시카 씨는 가기로 결심한 것이다. 그렇다면 괜한 질문은 할 필요도 없겠지.

5

레이치 중학교에는 다사카 루리코와 오사나이가 찾아가고 나는 밖에서 기다릴 예정이다. 다사카 씨를 줄줄이 따라가서 '어머니입니다', '언니입니다', '불초 오빠입니다'라고 말할 수도 없으니 어쩔 수 없는 일이다.

그동안 나는 나고야 역으로 돌아가 역 빌딩에서 시간을 때우기로 했다. 어디 가게에 들어갈 생각도 했지만 나고야까지 오는 열찻값이나 부악에서 마신 커피값을 생각하면 지갑 끈을 동여매고 싶다. 엘리베이터를 타고 위층 서점으로 가니 토요일이라 역시 손님이 많아, 계산대에는 계산을 기다리는 손님들이 줄 서 있었다. 문고 신간 코너를 훑어보며 이런저런 생각을 했다.

악의를 갖고 코기를 모함한 건 누구인가 하는 질문에 대해서는 지금은 검토조차 할 수 없다. 정보가 부족하기 때문인데, 그 정보는 지금 착실히 모으고 있다. 알고는 있었지만 오사나이의 행동력은 정말 놀라워서, 휴일에 일부러 나고야까지 왔는데 아직까지는 내가 나설 무대가 거의 없었다. 하지만 그것을 아쉽다고 생각하지는 않는다. 이유도 없이 벌을 받는 억울함은 나도 안다.

눈에 들어온 문고본에 손을 뻗다가 문득 다른 생각이 들었다. 가게 안을 둘러보다가 천장에 걸린 학습 참고서 플래카드를 발견하고 그쪽으로 향했다. 3학기는 짧아서 곧 기말시험이 있고 학생의 본분은 공부라지만 지금은 다른 일이 신경 쓰인다. 기출 참고서와 문제집이 꽂힌 선반을 보면서 원하는 책을 찾았다.

"있다, 있어."

영일 사전이 꽂혀 있는 선반을 발견했다. 케이스에서 꺼내기는 미안하니 케이스가 없는 사전을 살짝 빼냈다. 'M' 항목을 살펴보다가 이건 아무래도 효율이 나쁘다는 사실을 금방 깨달았다. 게다가 내가 찾는 단어는 영어가 아닐 것이다. 조금 고민하다가 이번에는 국어사전을 들고 '마' 항목을 찾았다.

"……역시, 그랬나."

사전을 덮어 선반에 도로 꽂았다. 조금 흥미로운 사실을 알 수 있었다. 코기의 정학과 상관이 있는지는 아직 모르겠지만…….

그나저나 단어의 의미를 조사하는 것뿐이라면 휴대전화로 충분했는데, 일단 떠올리고 나니 조급해져서 사전을 찾고 말았다. 판매하는 책에서 정보만 얻고 돌아가기는 미안해서 최소한의 양심으로 문고 서가로 돌아가 전부터 사려고 했던 단편집을 샀다.

점원이 문고에 북커버를 씌워주고 있을 때 휴대전화가 착신을 알렸다. 슬쩍 화면을 보니 오사나이에게서 메시지가 와 있었다.

서점에서 나와 다시 메시지를 확인했다.

끝. 가쿠오잔 역에서 만나요.

문장 끝이 뭔가 이상하다. 아마 자동 변환 때문이겠지.

지하철도 두 번째쯤 되니 별로 헤매지 않았다. 가쿠오잔 역에 도착해 어디서 합류할지 좌우를 두리번거리는데 LED 전등이 켜진 플랫폼 끝에서 옷을 껴입은 오사나이가 벤치에 앉아 고개를 숙이고 있었다. 가까이 다가가도 오사나이는 일어설 기미가 없었다. 나만 서 있기도 그래서 옆에 앉았다.

"그분은?"

그렇게 묻자 오사나이는 발밑을 바라보며 목도리 속에서 대답했다.

"가게로 돌아갔어."

다사카 씨가 가게를 비운 건 정확히 두 시간 정도일 것이다. 점장이라서 원하는 때에 시간을 낼 수 있는 게 아니라, 아마도 오후는 휴가를 낸 게 아닐까? 그래도 역시 가게로 돌아간 모양이다.

"코기한테는 자기가 관여했다고 말하지 말아달래."

"알았어. 그래서 결과는?"

"만족스러워."

상행선 플랫폼에 전철이 들어오더니 몇십 초 만에 벨 소리와 함께 출발했다. 소음이 사라지기를 기다려 물었다.

"경과를 들려주겠어?"

오사나이는 끄덕이더니 잠긴 목소리로 설명하기 시작했다.

"산폰기 선생님은 금방 만났어. 토요일이라 안내해주는 사무원이 없으니까 내빈용 현관으로 들어와서 직접 응접실로 오라고 했어. 경비원도 없던데, 너무 쉽게 들어갈 수 있어서 놀랐을 정도야. 산폰기 선생님은 응접실에 있었는데 뭔가 일을 하고 있었던 것 같아. 다사카 씨가 문을 두드리고 안으로 들어가니 펼쳐놓았던 서류를 가방에 넣었어. 역시나 사립이라 인테리어가 훌륭했어. 테이블은 중후하고 소파는 푹신하고 카펫 섬유도 길었어."

플랫폼에는 우리 말고는 아무도 없었다. LED의 차가운 불빛이 우리를 비춰주었다.

"산폰기 선생님은 마흔쯤 됐을까? 험상궂은 인상이었는데, 이건 학생들에게 고함을 지르는 선생님이라는 얘기를 사전에 들었으니 선입견이 작용한 걸지도. 귀찮은 기색을 감추지도 않고 차도 못 내준다면서 다사카 씨한테 소파에 앉으라고 했어. 나는 힐끔 쳐다보기만 하고는 누군지 묻지도 않았어."

보호자라는 간판은 효과가 좋았던 모양이다. 정체를 묻지 않았다면 나도 함께 갈걸 그랬다.

"결론부터 말하면 우리 예상대로 코기가 정학을 받은 건 누군가 파티 회장에 코기가 있는 사진을 보냈기 때문이야. 보낸 사람 이름은 그 자리에서는 말할 수 없다고 했지만, 아마도 잊었거나 익명이었겠지. 다사카 씨가 코스모스는 그 자리에 없었다고 하던데요, 라고 하니까 산폰기 선생님이 울컥해서는 사진이 있으니 변명은 안 통한다고 반박했어."

"……그믐날에 다사카 씨하고 코기가 함께 있었는지 묻지도 않았어?"

"응. 그렇게 물었다가 함께 연말 홍백 가요대항전을 보고 있었다고 하면 할 말이 없으니 그랬을 거야."

그렇겠지.

"산폰기 선생님은 남의 이야기는 잘 듣지도 않고, 그 나이대 아이는 거짓말을 잘한다, 학교도 최선을 다하고 있지만 자택에서 지도하는 것도 중요하다, 그런 말만 자꾸 해대서 나중에 다사카 씨는 화를 냈어. 제대로 조사해보지도 않고 결정을 밀어붙일 생각만 하는 엉터리라고."

다사카 씨는 화를 냈다. 말투에 뭔가 꿍꿍이가 있다.

"오사나이는 그렇게 생각하지 않았구나?"

목도리와 앞머리 사이로 보이는 오사나이의 눈에 웃음기가 서렸다.

"증거 사진을 보여달라고 했더니 보여줬거든. 빌려달라고 했더니 프린트한 사진을 줬어. 그렇게 양심적인 선생님은 처음 봤어. 어떻게 화를 내?"

그건 대단하다.

"아무리 보호자라고 해도 외부인에게 정보를 넘기다니 정말 좋은 사람이네. 어지간히 능숙하게 교섭했나 봐?"

"코스모스가 절대 가지 않았다고 주장하고 있으니 증거를 보여주고 싶다고는 했지."

"아마 그 말을 믿은 거겠지."

"……미안한 짓을 했어."

자기가 한 거짓말이라도 상대가 그 거짓말을 진짜로 믿으면 죄책감을 느끼는 모양이다.

벨 소리가 울리더니 하행 전철이 바람과 함께 플랫폼으로 들어왔다. 안전문이 열리자 몇 명이 올라타고 몇 명이 내렸다. 출발까지 조금 길게 느껴진 건 우리가 탈 줄 알고 기다려 주었기 때문일까, 아니면 단순히 내 기분 탓일까? 정적을 되찾은 플랫폼에서 오사나이가 말했다.

"어쨌거나 증거 사진은 이거야."

복사지에 프린트한 사진을 보여주었다. 화질은 나빴지만 무엇이 찍혀 있는지 충분히 구분할 수 있었다. 글라스를 든 소녀, 와인과 샴페인 병, 그리고 활짝 웃는 코기. 언뜻 보면 딱히 수상한 점은 없다. 그렇다면 나름대로 정교한 합성사진이라는 뜻이다.

지하철 벤치는 사진을 상세히 보기에는 적합하지 않다.

"대단해. 이렇게 빨리 입수하다니. ……그럼 갈까?"

말없이 끄덕이고 오사나이는 천천히 일어섰다.

벤치에 일회용 손난로가 남아 있었다. 깔고 앉아 있었던 모양이다. 오사나이는 시치미를 떼고 손난로를 회수하더니 나직한 목소리로 말했다.

"이제부터네."

그렇게 우리는 다시 코기 코스모스의 집으로 돌아왔다.

코기는 하고 싶은 말이 많은 기색으로 우리를 맞이했다. 다사카 씨에게 멋대로 접촉한 일로 한마디하고 싶었으리라. 하지만 오사나이가 다짜고짜 들이민 증거 사진을 힐끔 보더니 날카로운 비명부터 질렀다.

"이건 말도 안 돼요! 가짜예요!"

눈에 순식간에 눈물이 차올랐다.

"난 이런 짓 안 한다고요! 이런 건…… 유키 선배, 이건 가짜예요!"

오사나이는 코기를 똑바로 쳐다보며 말했다.

"내 생각도 그래."

"엇……."

"나도 이 사진은 가짜라고 생각해."

코기는 허겁지겁 눈가를 훔치고 눈을 휘둥그레 뜨고 물었다.

"어째서요?"

"넌 결백하잖아. 그렇다면 당연히 가짜지."

조금도 의심하지 않는, 망설임도 거리낌도 없는 말투였다. 코기는 "유키 선배"라고 중얼거리고는 말을 잇지 못했다. 한동안 목이 메어 말을 못 하는 눈치였다.

그사이 나와 오사나이는 밝은 조명 밑에서 다시 사진을 관찰했다. 오사나이가 휴대전화를 조작해 가야즈에게 받은 사진을 띄웠다. 비교할 것도 없이 두 장은 다른 사진이다.

가야즈가 보내준 사진에서는 가야즈와 사다, 도치노 세 사람이 글라스를 한 손에 들고 나란히 포즈를 취하고 있고 눈앞의 테이블에는 와인인지 뭔지 모를 병이 놓여 있다. 도치노만 글라스에 입을 대는 포즈였다. 세 사람은 벽 쪽에 서 있어서 실내 면적은 알 수 없고 벽지가 줄무늬라는 것만 알 수 있었다.

산폰기 선생님에게 받은 사진에 찍혀 있는 코기는 약간 비스듬하게 오른쪽을 올려다보면서 만족스럽게 웃고 있었는데 오른손에는 글라스를 들고 왼손은 브이 사인을 하고 있다. 스웨터와 치마를 입고 있었는데, 스웨터에는 큼지막한 검은색 리본이 달려 있었다. 근처에서는 가야즈가 샴페인을 글라스에 따르고 있고, 코기의 뒤에서는 다른 여학생이 카메라를 보며 글라스를 기울이고 있었다. 벽지는 줄무늬였다.

촬영 장소는 같은 공간인 듯하지만 구도도 피사체도 다르다. 양쪽에 다 찍혀 있는 인물은 가야즈뿐이고 그 밖에는 양쪽 다 술로 보이는 음료를 마시고 있는 사람이 찍혀 있다는 것이 공통점이다.

"이렇게 보니 오사나이가 받아 온 사진은 역시 조금 이상하네."

오사나이가 물었다.

"어디가?"

나는 코기의 왼손을 가리켰다.

"브이 사인을 하고 있으니 사진에 찍힌다는 걸 알고 있었을 거야. 그런데 시선이 대각선 위쪽을 보고 있다니 뭔가 느낌이 이상해."

"……응. 듣고 보니 그러네."

이윽고 진정을 되찾은 듯한 코기에게 고개를 돌려 물어보았다.

"코기. 이 옷은 네 거야?"

코기는 불그스름한 얼굴로 사진을 들여다보더니 고개를 가로저었다.

"아니. 이런 옷은 없어요."

"그렇다면 머리만 합성한 거네."

다시 한번 얼굴을 주목해서 자세히 살펴보았다. 복사지에 프린트된 사진은 화질이 나빴지만 집중해서 보니 확실히 머리의 윤곽선이 조금 흐릿했고 목 연결선도 어렴풋하게나마 보였다. 그리고 코기의 뺨에 묻어 있는 노란 자국을 발견했다. 이건 뭐지?

"문제는."

오사나이가 중얼거렸다.

"누가 이 파티 사진을 찍을 수 있었는가. 그 사진 데이터를 가지고 있는 사람만 합성사진을 만들 수 있으니까."

그건 그렇지만…….

"찍을 수 있었던 건 그믐날에 가야즈 그룹하고 카운트다운 파티를 했던 사람들 전부야. 열두세 명이라고 했던가?"

코기가 힘차게 말했다.

"그럼 한 명 한 명 붙잡고 누가 이 사진을 찍었는지 물어보면 되겠네요."

"그럴 순 없어."

내가 반박하자 코기는 눈썹을 찌푸리고 입을 다물었다. 오사나이가 옆에서 설명해주었다.

"그건 굉장히 어려운 일이야. 가야즈도 그날 누가 왔었는지 전부는 모르는 것 같았고, 상대에게 폐가 될 테니 물어봤자 알려주지 않을 거야. 게다가 만약 사진이 인터넷에 올라가 있다면 누가 저장했는지 밝혀내기란 거의 불가능해."

"그런가……."

코기는 프린트한 사진을 가만히 바라보았다.

"어째서 제가 이런 일을 당해야 하죠? 파티에 갔던 누군가 저를 원망하고 있다는 뜻이겠죠……."

"짐작 가는 사람은 있어?"

오사나이가 묻자 코기는 힘없이 고개를 저었다.

"없어요. 하지만, 하지만 누군가 저를……!"

목소리가 다시 높아졌다.

나는 지금까지 몇 차례 숨은 적의를 꿰뚫어 본 적이 있다. 웃음 뒤에 타인을 모함하려는 의도가 작용하고 있다는 사실을 알아차린 적이 있다. 하지만 적의에 노출된 사람이 그것을 어떻게 받아들이는지 목격한 적은 없었다. 누군가 자기를 모함했다는 것을 코기는 알고 있었을 텐데, 지금 그 적의의 결정체인 합성사진을 눈앞에 두고 크게 동요하고 있다. 이런 모습인가.

나는 단순한 소시민이고, 설령 그렇지 않더라도 그저 영리한 척하는 참견꾼에 지나지 않는다. 그래도 뭔가 조금은 도울 수 있을까? 누가 적의를 쏟아냈는지 밝히면 코기의 마음이 조금이나마 편해질까? ……나는 그 점이 의심스럽다.

하지만 그래, 코기는 무슨 일이 있어도 누가 적인지 알고 싶다고 했다. 그렇다면 나도 이제 와서 망설이지 않겠다.

"오사나이답지 않네."

나는 그렇게 말했다. 두 사람이 동시에 나를 쳐다보았다.

"'누가 이 파티 사진을 찍을 수 있었는가' 하나만 문제가 아니야. 주목해야 할 점은 '누가 웃고 있는 코기의 사진을 찍을 수 있었는가', 그리고 '누가 파티 사진과 코기의 사진을 둘 다 손에 넣을 수 있었는가'야. 코기, 웃고 있는 이 얼굴, 어디서 찍혔는지 모르겠어?"

갑자기 묻자 코기는 허둥지둥 대답했다.

"앗, 사진은 자주 찍어서요. 문화제나 방과 후나……."

"자세히 봐. 여기, 뺨에 뭔가 묻어 있어."

"뺨?"

코기가 그렇게 되묻더니 사진에 눈을 들이댔다. 오사나이는 시력이 좋지만 역시 똑같은 자세로 사진을 들여다보았다. 코기가 중얼거렸다.

"정말이네. 부끄러워라."

그리고 두 사람이 동시에 고개를 들었다.

"앗!"

"고바토, 이건!"

아마도, 그렇다. 오사나이가 단호하게 말했다.

"코기, 《오르카》 최신 호 있지? 가져와."

"네!"

지역 정보지 《오르카》가 당장 테이블 위에 놓였다. 최신 호 권두 기사는 일본 이탈리아 파스티체레 교류회다. 시내 호텔을 빌려 개최한 교류 파티의 모습, 즐비한 이탈리아 과자, 웃고 있는 참가자들이 찍힌 사진이 실려 있다. 와인글라스를 손에 들고 담소를 나누는 두 명의 남성 뒤에서 더없이 행복한 표정으로, 뺨에 크림을 묻힌 코기가 웃고 있다.

합성사진과 오르카에 게재된 사진을 비교해보았다. 시선의 각도도, 크림 위치도, 완전히 일치했다.

"이거네. 알아보지 못했다니 부끄러워."

오사나이가 무겁게 중얼거렸다.

《오르카》는 나고야 시내뿐만 아니라 주변 도시에서도 판매하고 있으니 누구나 이 사진을 입수할 수 있다. 해당 사진을 스캔하거나 촬영해서 데이터로 바꾸면 카운트다운 파티 사진과 합성해 가짜 증거를 만들 수 있다. 하지만 《오르카》에 실린 코기의 사진에는 "교류 파티는 성황리에"라는 설명의

'에'라는 글자가 겹쳐 있다. 컴퓨터로 그 글자만 삭제할 수도 있겠지만, 범인의 이미지 가공 기술은 목의 연결선을 위화감 없이 지우지도 못하는 수준이다. 잡지에서 스캔한 데이터로 합성사진을 만들었다고 생각하기는 어렵다. 그렇다면…….

"범인은《오르카》편집부 관계자……?"

코기가 중얼거렸다. 그 가능성도 없지는 않지만《오르카》편집부와 카운트다운 파티, 그리고 코기를 향한 악의, 세 가지를 연결 짓는 끈이 있을 것 같지는 않다.

"아니면《오르카》편집부에서 사진 데이터를 받은 사람이겠지."

"……그런 걸 받을 수 있을까요?"

"코기가 부탁했다면 쉽게 받을 수 있었을 거야. 피사체니까. 마찬가지로 이 사진에 찍힌 다른 사람들도 데이터를 받을 수 있었겠지."

나는《오르카》의 사진 속에서 글라스를 손에 들고 담소를 나누는 두 사람을 가리켰다. 한 사람은 중년의 일본인이고, 다른 한 사람은 수염을 기른 백인 청년이다.

"이 두 사람은 파티시에일 것 같은데, 아는 사람 있어?"

코기가 망설이지 않고 중년 남성을 가리켰다.

"이 사람……."

안색이 몹시 나쁘다. 목소리도 떨렸다.

"기억나요. 이름은 모르겠지만 제가 슈크림을 먹고 있을 때 다가오더니 이탈리아 과자 교류회인데 슈크림을 내놓다니 교양 없는 가게라고 했어요."

"그 슈크림, 어느 가게에서 출품했는지 알아?"

"……저희 가게요."

아, 그렇다면 아마도 코기 코스모스가 파티스리 코기의 오너 파티시에의 딸이라는 걸 알면서 일부러 빈정거리려고 다가간 것이리라.

"그때는 그저 즐거워서 깊이 생각도 않고 슈크림은 피렌체 공주님이 프랑스에 전해줬다고 들었다고 대답했어요. 그랬더니 이 사람, 아무 말도 없이 그 자리에서 떠났어요."

오사나이가 살짝 눈썹을 찌푸렸다.

"망신을 샀다고 생각한 걸까? ……하지만 그 정도로 이런 사진을 만들어서 학교에 보낸 거야? 게다가 카운트다운 파티 사진은 어떻게 손에 넣었을까?"

그 의문들에는 답할 수 있다. 나는 《오르카》에 손을 얹고 말했다.

"코기, 《오르카》 편집부에 전화해서 물어봐. 마로니에 샹의 도치노 파티시에에게, 일본 이탈리아 파스티체레 교류회

사진 데이터를 보낸 적이 있는지.”

코기의 눈이 휘둥그레졌다. 내 말의 의미를 이해하기까지 조금 시간이 걸릴 것 같았다.

6

돌아가는 도카이도 열차에 올라탈 무렵에는 이미 해가 저물었다. 하행 열차는 만원이었지만 우리는 운 좋게 2인석에 나란히 앉을 수 있었다. 우리 맞은편에 앉은 두 사람은 대학생으로 보였는데 둘 다 이어폰으로 음악을 듣고 있다. 인파 속에서 사건 이야기를 하고 싶지는 않았지만 이런 상황이라면 조금은 말해도 되겠지.

코기의 전화를 받은 《오르카》 편집부 관계자는 딱히 이상하게 여기지 않고 사진 데이터를 도치노 파티시에에게 보낸 사실을 알려주었다. 원한다면 코기에게도 보내주겠다는 것을 정중히 사양하고 전화를 끊은 코기의 얼굴은 조금 창백했다.

도치노 파티시에라면 파스티체레 교류회 사진과 카운트다

운 파티 사진을 둘 다 손에 넣을 수 있었다. 전자는 《오르카》 편집부로부터, 그리고 후자는 딸 도치노 미오로부터. 도치노 씨는 전부터 파티스리 코기에 망신을 당했다고 생각했던 게 아닐까? 오사나이가 가르쳐준 '연말 《오르카》가 주목한 올해의 디저트 가게 랭킹'에서 삼 년 연속 1위였던 마로니에 샹이 파티스리 코기 아넥스 루리코의 오픈으로 왕좌를 빼앗겼다고.

그렇지 않아도 원망스러운 코기 하루오미의 딸에게 영광스러운 파티에서 망신을 산데다가 자기 딸은 음주로 정학까지 받았다. 소문은 막을 수 없으니 마로니에 샹의 딸이 술을 마시고 정학을 당했다고 알려질 바에야 파티스리 코기의 딸에게도 똑같은 오명을 뒤집어씌우고 싶었으리라. 혹은…… 주범은 도치노 미오 쪽일지도 모른다. 어차피 정학을 받을 바에야 얄미운 라이벌 가게의 딸도 끌어들이려는 심보다.

두 장의 사진 데이터를 이용해 가짜 증거를 만든 것은 어른의 소행 같기도 하고, 음주 누명을 씌워 정학으로 몰아넣으려는 계략은 중학생의 발상 같기도 하다. 그렇다면 부녀가 공범일 가능성도 없지는 않다. 뭐, 목적은 충분히 달성했으니 어느 쪽이 주범인지는 굳이 밝힐 필요 없겠지.

"고바토."

흔들리는 열차 안에서 오사나이가 속삭였다.

"용케 알고 있었네. 마로니에 샹의 파티시에가 도치노 씨라는 걸."

하필 파티시에 정보에서 내게 졌으니 내심 심기가 불편할 것이다. 하지만 오사나이는 착각하고 있다.

"알고 있었던 건 아니야. 그렇지 않을까 싶었던 것뿐이지."

"그냥 감이었다고?"

"으음. 감보다는 조금 더 근거가 있었지만."

목도리 속에서 고개를 갸웃거리는 오사나이에게 사고의 과정을 설명했다.

"아까 오사나이하고 다사카 씨가 레이치 중학교에 가 있는 동안 조사를 좀 했어. 도치노 미오의 마로라는 별명이 아무래도 마음에 걸렸거든. 어째서 마로라고 부르는 걸까, 그러고 보니 마로가 붙는 단어를 최근에 다른 데서도 들었는데…… 그런 생각을 했어. 도치노 미오는 제과에 관심이 있다고도 했고, 혹시나 싶었는데 빙고였던 거지."

"조사하다니 뭘?"

"간단해. ……'도치'를 사전으로 찾아봤어."

낙엽수로 산지에 자생한다는 정보가 적혀 있었고 그 끝에.

"'마로니에' 항목을 참조하라고 적혀 있었어. 마로니에는 서양 칠엽수*를 뜻한대."

오사나이가 작게 신음했다.

사건 관계자 중에 도치노라는 이름을 가진 학생이 있고, 파티스리 코기에 밀려난 마로니에 샹이라는 가게가 있고, 마로니에는 서양 칠엽수를 뜻한다. 나는 이 세 가지 부호가 우연이 아니라 도치노 미오의 아버지가 마로니에 샹의 파티시에일지도 모른다고 추측했다. 거기에 합성사진의 원본 데이터가 일본 이탈리아 파스티체레 교류회에서 찍은 사진이라는 사실이 더해지면 문제 해결은 어려운 일이 아니었다.

범인은 알아냈다. 모함한 이유도 거의 알아냈다. 코기의 마음은 조금은 풀어졌을까? 혹은 적의 이름을 알았다고 해서 마음이 가벼워지지는 않는다는 허망함에 빠져 있지는 않을까?

아까 코기의 집에서 물러날 때 오사나이는 그녀에게 조언을 해주었다. 합성사진이라는 증거가 있으니 그것을 《오르카》 편집부에 보낼 수도 있다. 도치노 파티시에가 저지른 짓을 써서 투서하면 된다. 《오르카》 지면에서 마로니에 샹의 위상이 분명 달라질 거라고.

* 일본어로는 '도치노키'라고 한다.

"있지, 오사나이."

"왜?"

"코기는 투서를 할까?"

복수를 위해서.

오사나이는 왠지 졸린 표정이었다. 멍하니 반쯤 감긴 눈으로 대답했다.

"안 하겠지. 그 애는 착한 아이니까."

그 말을 끝으로 오사나이는 침묵했다. 피곤해서 잠든 것이리라. 오사나이를 깨워야 하니 나는 자면 안 될 것 같다. 만원 열차는 귀로를 달렸다. 코기 코스모스를 밤에 홀로 남겨두고.

7

돌아온 수요일, 오사나이와 나는 파티스리 코기 아넥스 루리코에 초대받았다. 정기 휴일이지만 텔레비전 취재 때문에 출근한 다사카 루리코 씨가 취재가 끝난 뒤에 우리를 맞이해 준 것이다.

"유키 선배한테는 큰 신세를 졌으니까요."

그렇게 말하며 웃는 코기의 얼굴은 밝았다. 합성사진을 어떻게 처리했는지, 같은 반 친구인 도치노 미오와는 이야기를 나눠봤는지…… 그런 질문은 나도 오사나이도 하지 않았다. 부탁받은 일은 끝냈다. 그 이상은 딱히 알고 싶지도 않고 이야기를 끌어내고 싶지도 않다.

다사카 루리코 씨는 유니폼 대신 검은 앞치마를 두르고 온

화하게 웃고 있었다.

"정말 고마워."

코기와 다사카 씨가 나란히 웃는 모습을 보니 괜히 기뻤다. 지난주 토요일까지 코기는 다사카 씨를 미워했을 테고, 다사카 씨는 코기에게 거리를 두고 있었다. 하지만 지금 두 사람은 같은 공간에 있다. 우리는 합성사진을 손에 넣기 위해 다사카 씨에게 도움을 받은 사실을 코기에게 말하지 않았지만 두 사람은 어떠한 형태로 대화를 나누었고, 적어도 서로의 거리를 좁힌 듯했다.

그런 변화를 오사나이는 보지 못했을 것이다. 가게에 한 걸음 들어서자마자 오사나이는 말 한마디 하지 못하고 몸을 떨면서 우뚝 멈춰서고 말았으니까.

파티스리 코기 아넥스 루리코의 내부는 과자로 가득했다. 파스텔컬러 마카롱, 마블 무늬 마카롱, 원색에 가까운 마카롱. 커팅하지 않은 치즈 케이크. 쌓아 올린 슈크림 위에 초콜릿을 부은 타워. 크로캉부슈라는 이름은 나중에 알았다. 그리고 평소 같으면 프랑스 과자점인 파티스리 코기 아넥스 루리코에 진열될 리 없는 베를리너 판…… 뭐더라, 으음, 베를린 튀김빵도.

"전부 유키 선배 선물이에요!"

"촬영에 사용한 디저트라 가게에 내놓을 수도 없으니 괜찮다면 마음껏 즐기렴."

오사나이는 입을 벌려 뭔가 말하려 했지만 이상한 신음 소리만 나올 뿐이었다.

코기가 전화로 오사나이에게 보답을 하고 싶은데 어쩌면 좋을지 의논하기에 그럼 과자라도 대접해주라고 조언했다. 그때 튀김빵 사건도 알려주었다. 오사나이는 분명 좋아할 줄 알았는데……. 이렇게 하늘을 날아오를 기세로 기뻐할 줄은 미처 추리하지 못했다.

오사나이는 두 손으로 입가를 가리고 눈을 글썽거리며 간신히 입을 열었다.

"어어, 응? 나, 오늘 죽는 거야?"

코기가 까르르 웃었다. 때마침 6시 정각을 알리는 바깥의 대형 시계에서 흘러나오는 〈오, 아름다운 목장〉의 멜로디가 가게 안을 가득 채웠다.

김선영

한국 외국어 대학교 일본어과를 졸업했다. 다양한 매체에서 전문 번역가로 활동했으며 특히 일본 미스터리 문학에서 왕성한 활동을 하고 있다. 옮긴 책으로는 『야경』, 『엠브리오 기담』, 『쌍두의 악마』, 『인형은 왜 살해되는가』, 『살아 있는 시체의 죽음』, 『손가락 없는 환상곡』, 『고백』, 『클라인의 항아리』, 『열쇠 없는 꿈을 꾸다』, 『완전연애』, 『경관의 피』, 『흑사관 살인 사건』 등이 있다.

파리 마카롱 수수께끼

1판 1쇄 2021년 10월 8일
1판 7쇄 2024년 9월 11일

지은이 요네자와 호노부 | **옮긴이** 김선영

책임편집 지혜림 | **편집** 임지호
디자인 표지 이혜경 | **본문** 유현아 | **저작권** 박지영 형소진 최은진 오서영
마케팅 정민호 서지화 한민아 이민경 안남영 왕지경 정경주 김수인 김혜원 김하연 김예진
브랜딩 함유지 함근아 박민재 김희숙 이송이 박다솔 조다현 정승민 배진성
제작 강신은 김동욱 이순호 | **제작처** 인쇄 한영문화사 제본 경일제책사

펴낸곳 (주)문학동네 | **펴낸이** 김소영
출판등록 1993년 10월 22일 제2003-000045호

주소 10881 경기도 파주시 회동길 210
문의 031-955-2637(편집) 031-955-2696(마케팅) 031-955-8855(팩스)
전자우편 elixir@munhak.com | **홈페이지** www.elmys.co.kr
인스타그램 @elixir_mystery | **X(트위터)** @elixir_mystery

ISBN 978-89-546-8236-7 04830
978-89-546-4025-1 (세트)

엘릭시르는 출판그룹 문학동네의 장르문학 브랜드입니다.

잘못된 책은 구입하신 서점에서 교환해드립니다.
기타 교환 문의 031) 955-2661, 3580